나를 미워하지 않기로 했다

나를 미워하지 않기로 했다

행복을 찾아 중국에서 한국으로 건너온 조선족 여성의 성장 스토리

김태영 에세이

담다

프롤로그

나는 중국에서 온 조선족이다

아빠가 일찍 돌아가시고 엄마 혼자서 삼 남매를 키우는 일은 쉽지 않았다. 일찍 철이 든 우리는 공부를 이어 가는 대신 각자의 생계를 책임지기로 했다. 일찍 시작한 사회생활로 인해 학업을 마치지 못한 것이 늘 아쉬웠다. 그러나 돌이켜보면 운이 좋았다. 식당에서 설거지하는 내가 안쓰러웠던 외할머니는 여기저기 부탁해 한국 기업에 취업시켜 주셨다.

당시 중국에는 제대로 된 노동법이 없다 보니 미성년자가 일하는 경우가 태반이었다. 나는 미성년 때 일을 시작해 성인이 되었다. 마음 터놓고 속마음을 얘기하는 친구도 생겼고, 이룰 수 없는 짝사랑도 해 보았다. 한국 기업에 다니면서 좋지도 나쁘지도 않은 일상을 살았다. 어제가 오늘 같고 오늘이 어제 같은 날을 보내다가 문득 이렇게 살고 싶지 않다는 생각이 들었다. 여기서 벗어나고 싶고 새로 시작하고 싶은 마음이 점점 커졌다. 지금보다 나은 삶을 살고 싶었다. 그때 떠오른 곳이 한국이었다.

내가 한국 사람과 결혼한다고 했을 때 큰오빠가 많이 반대했다. 한국으로 시집간 아랫집 김 씨네 딸이 술주정뱅이를 만나서 맞고 산다더라, 건넛집 박 씨네 딸은 다리가 불편한 남편을 만나서 고생한다 더라 등 좋지 않은 얘기들이 조선족 사회에 많이 퍼져 있었던 만큼 큰오빠의 반대가 한편으로는 이해되었다. 그러나 짚신도 제짝이 있고 인연은 따로 있다고 했던가. 남편은 서글서글하게 웃으며 스스럼없이 사람들에게 다가가는 유쾌한 사람이었고, 고슴도치처럼 뾰족뾰족하게 날이 선 나와 달랐다. 그래서 좋았다.

2003년 한국에서의 결혼 생활이 시작되었다. 한국으로 넘어오면서 두려움보다 새로운 경험을 할 수 있다는 생각에 설레는 마음이 더 컸다. 그로부터 2년 후 국적을 취득했고, 지금은 한국 사람으로 살고 있다.

한국에 온 지 한 달이 안 되었을 때의 일이다. 한중 축구 경기가 있는 날이었다. 남편과 친구들은 한국을, 나는 중국을 응원하고 있었다. 지금도 그렇지만 중국은 축구를 잘하는 나라가 아니라 그날도 지고 있었다.

과도한 응원과 약 올리는 듯한 제스처에 나는 울고 말았다. 남편은 놀랐고, 친구들은 미안해했다. 그때 남편이 말했다.

"이제 한국에 왔으니 한국 응원해야 하는 거 아니야?"
"중국에서 산 만큼 한국에서 살고 나면 그땐 한국 응원할게요."
한국 생활 20년, 우스갯소리로 말했던 세월만큼 살아가고 있다. 긴 시간 동안 좋은 사람도 만나고 행복한 일도 많았다. 하지만 편견과 선입견으로 인한 아픔은 어쩔 수 없었다.

"태영아! 밖에서는 중국말 하지 마."
"왜?"
"우리가 중국 사람인 거 알면 사람들이 무시해."

중국말이 익숙하고 편한 나는 오빠들을 만나면 중국말을 했다. 그럴 때마다 오빠들은 나에게 다른 사람들이 중국 사람인 거 알면 무시한다며 한국말을 사용하라고 했다.

당시에는 오빠들이 유별나다고 생각했다. 하지만 그 말은 틀리지 않았다. 몸으로 직접 겪은 편견은 생각보다 많이 아팠다.

20대 초반 또래들이 전공 서적을 팔에 끼고 캠퍼스를 누빌 때 내 옆구리에는 아이가 매달려 있었다. 캠퍼스를 누리는 그들이 부러웠고, 아이를 업고 있는 내 모습은 한없이 작게만 느껴졌다. 자격지심이 생겼다. 비교에서 오는 불행의 후폭풍은 컸다. 주어진 것보다 주어지지 않은 것을 부러워하며 혼자 억울해했다. 마치 롤러코스터를 타듯이 감정 기복도 삶에 대한 의욕도 들쑥날쑥하기 일쑤였다. 무엇보다 한국말의 의미를 제대로 이해하기 힘들었다. 눈치 9단으로 한국 생활에 적응하고 선입견으로 바라보는 사람에게 상처받으면서 나를 잃었다가 찾기를 반복했다. 그렇게 20대를 보냈다.

30대가 되어서는 불안한 마음을 떨쳐내려고 많은 것을 시도했다. 자동차 사이드미러 조립원, 섬유회사 원단 검사원, 공연단 행정업무 담당자, 자동차 볼트 제조사 경리,

쇼핑몰 제품 담당 및 상품 소싱 등 여러 일을 하면서 내가 잘하는 일을 찾고자 노력했다. 관심 있는 분야가 생기면 하나하나 배우면서 나를 찾아가는 여정을 소홀히 하지 않았다. 그렇게 40대에 들어섰고, 마흔세 살이 된 2024년 현재 1,553세대 규모 아파트의 경리가 되었다.

지금에 이르기까지 우여곡절이 많았지만, 그 과정을 통해 '할 수 있을까?'라는 걱정과 두려움이 '하면 된다', '할 수 있다'로 바뀌었다. 삶은 혼자서 가는 여정이 아니라는 것을 깨달았다. 누군가의 따뜻한 손길에 힘을 얻어 한 걸음 한 걸음 전진하며 나를 찾아가고 있다. 나 자신을 인정하고 사랑하며 긍정적으로 삶을 바라보는 태도가 나를 지탱해 주고 있다. 자신을 비난하고 괴롭히는 대신 다독이고 끌어안기 위해 애써야 한다는 것을 알았다. 그리고 마침내 나를 사랑하게 되었다.

나는 '별 같은 사람'이 되고 싶다. 뾰족뾰족해서 다른 사람을 아프게 하고 자신도 아프게 하는 별이 아니라 '나다움으로 반짝반짝 빛나는 별'이 되고 싶다. 모두에게 인정

받기 위해 노력하는 별이 아니라 스스로 인정하는 별이 되기 위해 오늘도 고군분투 중이다.

이 책은 나를 사랑하기까지의 과정을 담은 책이다. 무너져도 다시, 쓰러져도 다시라는 생각으로 하루하루 살다 보니 내 앞에 길이 생겼고, 그 길을 따라 걸어가다 보니 그 여정에 내가 있었다. 마침내 보이지 않던 내가 보였고, 나를 사랑하게 되었다. 나를 찾아가는 이 이야기가 단 한 사람에게라도 따뜻한 격려의 메시지로 다가가길 희망해 본다. 자신에게 집중하는 시간이 주는 반짝반짝 빛나는 순간을 공유하고 싶다.

2024년 7월 새벽 창가에서

김태영

목차

Part 2. 이방인으로 한국에서 살아간다는 것

Part 3. 무너져도 다시, 쓰러져도 다시

Part 4. 나를 사랑하기 위한 연습

Part 1

나는 조선족입니다

어서 와, 한국은 처음이지?

2003년 8월 한국행 비행기에 몸을 실었다. 그렇게 나의 이민 생활이 시작되었다. 남편을 빨리 만나고 싶은 마음에 며칠만 더 있다가 출발하라는 엄마의 만류를 뿌리치고 단출한 짐과 함께 낯선 땅으로 향했다. 스물두 살 나에겐 모든 것이 새로웠고 신기했다. 공항에서 만난 남편은 손을 다쳐서 깁스한 상태라 운전을 할 수 없었다. 우리는 인천공항에서 지하철을 타고 서울역으로 향했다.

지금도 허술한 구석이 많은 남편이 기차표를 예약했을 리 없었고, 금요일 저녁이라 붐비는 기차 안에는 앉을 자리가 없었다.

하지만 개의치 않았다. 4시간이 걸리는 기차 여정은 그때의 나에게는 아무 문제가 되지 않았다(당시는 KTX가 없던 시절이라 서울에서 대구까지 4시간이 걸렸다). 왜냐하면 중국에서는 집에 가기 위해 기차를 24시간 타야 했는데, 특히 명절에는 표를 구하기가 어려워 입석표를 겨우 구해 대부분 서서 이동했던 만큼 4시간 기차 여행은 쉬운 편이었다. 그러나 처음 타는 비행기, 익숙하지 않은 풍경, 늘 듣던 중국말이 아닌 다른 언어까지 모든 것이 신기하면서도 낯선 환경에 긴장했는지 이동하는 내내 식은땀이 흘렀다. 그런 까닭에 한국에서의 첫 기차 여행은 힘든 기억으로 남아 있다. 지금의 나였다면 남편에게 잔소리했겠지만 그때는 아무래도 좋았던 시절이다. 하룻밤 대구에서 쉬고, 다음 날 곧바로 경주에 있는 시댁으로 출발했다. 차로 이동하는 내내 걱정이 가득했다.

'첫 인사말을 어떻게 시작해야 할까?'
'나를 반겨 줄까?'
'외국인 며느리라고 싫어하면 어떡하지?'
'어떤 표정을 지어야 할까?'

도착했다는 남편의 말에 가슴이 콩닥콩닥 뛰었다. 옷매무시를 가다듬고 활짝 웃으려고 표정도 다시 지어 보았다. 그러나 차에서 내리는 순간 당황하지 않을 수 없었다. 누구 하나 마중 나와 있는 사람이 없었기 때문이다. 남편이 어머니를 불렀고, 한참 뒤 어느 귀퉁이에서 어머니가 천천히 걸어오셨다.

"왔나?"

단 한마디. 어머니는 나와 눈도 마주치지 않으셨고 아무 말씀이 없으셨다. 대단히 반겨 줄 거라는 생각은 하지 않았지만, 중국인 며느리를 마음에 들어 하지 않는다는 것을 분명히 느낄 수 있었다. 더 당황스러운 것은 방으로 들어갔을 때였다. 갑자기 커다란 양푼을 나에게 내미시는 어머니.

"송편 빚자."

줄곧 회사생활만 하다가 어린 나이에 갑자기 결혼한 터

라 감자도 제대로 깎을 줄 몰랐던 내가 송편을 잘 빚을
리 없었다.

"양 손으로 요래요래 비비라."
"네."
"아니, 요래요래 비비봐라."
"네?네?"
"살포시 눌리라. 아니, 속을 너무 많이 넣지 말고."
두 손 만큼이나 두 눈과 귀도 바빴다.
"송편을 예쁘게 빚어야 나중에 딸 나으면 예쁘다 카던데."

그날 어머니 얘기에 속으로 혼자 생각했다.
'이번 생에 딸은 절대 낳으면 안 되겠구나.'

하지만 운명의 장난처럼 딸을 낳았고, 감사하게도 송
편 빚는 솜씨와 상관없이 딸이 예뻐서 얼마나 다행인지 모른
다. 하여간 그런 분위기를 파악하지 못한 남편은 그저 좋
아서 이리저리 돌아다녔고, 나의 고충은 안중에도 없었다.

그렇게 나의 실력과 상관없이 송편 빚기가 마무리되자 어머니는 옷을 사 주겠다며 집을 나섰다. 한국으로 건너오기 전에 남편은 한국과 중국의 옷 입는 스타일이 다르다며 옷을 최소한으로 가져오라고 했다. 한국 문화를 동경하기만 했지 배경지식이 없었던 터라 남편 말을 철석같이 믿었는데, 그때 알았어야 했다. 패션에 대해서만큼은 남편 말을 걸러 들어야 한다는 것을.

어머니를 따라 도착한 곳은 유명한 경주 성동시장이었다. 옷 가게에 들어선 순간 '이게 진정 한국 스타일이란 말인가?' 하며 당황하지 않을 수 없었다.

어머니 기준에서는 그나마 젊은 사람들 옷이 있는 곳으로 나를 데려갔지만, 아무리 둘러봐도 마음에 드는 옷이 없었다. 재촉하지는 않으셨지만 마음이 급했다. 다른 곳에 가 보고 싶은 마음도 있었지만, 썩 나를 마음에 들어 하지 않는 어머니의 눈치 때문에 티를 낼 수 없었다.

그중에서 가장 무난한 패턴의 옷을 두어 벌 골랐다.

지갑을 가지고 다니지 않는 어머니는 가방 안주머니에서 돈뭉치를 꺼내 옷값을 계산했다. 그 모습에서 할머니가 쌈짓돈을 꺼내 용돈 주시던 모습이 떠올라 순간적으로 따뜻함을 느낀 것도 사실이다.

성동시장에서 산 두어 벌 옷은 교복이 되어 그해 여름을 함께 했다.

함부로 평가하지 마세요

신혼 때 내가 외로울까 봐 남편이 회사 동료들과 부부 모임을 만들었다. 아이가 둘인 H언니와 임신 중인 J언니. 둘은 동갑이었고 나보다 일곱 살이 많았다. 한 달에 한 번씩 만나 한국 문화도 배우고, 술도 그때부터 본격적으로 마셨다. 그런데 어느 날부터 모임이 끝나고 집에 오면 마음이 무거웠다. H언니가 무심히 한 말과 행동을 곱씹는 날이 많아졌다. 시간이 지날수록 그 빈도는 심해졌고 소외감을 느끼기 시작했다. 하지만 분위기를 망치기 싫어 기분이 상해도 티를 내지 않으려고 노력했다. 그러던 중에 여느 날과 다를 바 없이 모임을 이어가는데 뜬금없이 H언니가 이렇게 말했다.

"여기 있는 사람들 다 똑같은데 태영이 너만 변했어."

"네?"

"너만 변했어. 순수하지가 않아."

말이 끝나기 무섭게 꾹꾹 눌러 놓았던 서러움이 폭발하듯 눈물이 뚝뚝 떨어졌다. 마치 그 말이 '너만 안 좋게 변했어'로 들렸고, 그 자리에 있던 모든 사람이 당황했다. 남편은 나의 약한 모습이 속상했던 것인지 아니면 화가 난 것인지, 바보처럼 왜 우냐며 오히려 핀잔을 주었다. 이후의 상황은 정확하게 기억나지 않는다. 오직 '너만 변했어'라는 말만 귓가에 맴돌면서 나를 괴롭혔다.

그렇지 않아도 외래어가 많은 한국어를 반 이상이 알아듣지 못해 주눅이 많이 든 상태였다. 화장품을 살 때 스킨이나 로션이라는 말을 알아듣지 못했고, 옷을 살 때도 아우터나 팬츠라는 말을 알아듣지 못했다. 상황이 이렇다 보니 '너만 변했어'라는 말은 말 그대로 폭탄이었다. 어떤 식으로든 긍정적인 신호로 다가오지 않았다. 그동안 참고 참았던 감정을 건드리는 폭탄이었다.

'내가 외국에서 왔다고 함부로 대하는 건가?'

'내가 한국 사람이라도 그랬을까?'

'외국 사람이라고 날 무시하는 걸까?'

한동안 내 세상은 온통 H언니의 말로 가득했다.

가뜩이나 움츠려 있던 나는 그 일 이후 우울증이 심해졌고, 더는 모임에 나가고 싶지 않았다. 하지만 그 한마디 때문에 안 나간다고 말하는 것은 더 싫었다. 애써 아무렇지도 않은 척했지만, 점점 더 날카로워졌다. 의심병이 생겼고 누군가의 말이 있는 그대로 들리지 않았다. 모든 말 끝에 '내가 중국에서 와서 저런 말을 하나?'라는 생각이 꼬리표처럼 따라다녔다. 그게 도리어 나를 괴롭힌다는 것을 그때는 몰랐다.

외국 사람이면 친구가 될 수 없는 거야?

    면역력이 약한 딸은 어릴 때 감기에 자주 걸렸다. 병원에 가면 진료를 기다리는 딸 또래가 많았고, 긴 대기 시간을 지루해하는 아이들은 금세 친해져서 함께 놀았다.

    "아이가 몇 살이에요?"

    "다섯 살이에요."

    "우리 딸이랑 동갑이네요. 어디가 아파서 왔어요?"

    "열이 나고 콧물이 많이 나네요."

    "우리 딸은 기침을 많이 해요."

    "환절기라 어쩔 수가 없네요."

    얘기해 보니 같은 동네에 살았고, 아이들도 너무 잘 놀아 종종 만나 커피도 마시자며 연락처를 주고받았다.

지금이라면 계속 만나게 될 인연이 아니면 중국에서 왔다는 것을 군이 밝히지 않지만 그때는 아니었다. 누구를 만나더라도 먼저 솔직하게 얘기하지 않으면 상대방을 속이는 것 같아서 항상 얘기를 꺼냈다.

"저는 중국에서 왔어요."

"네?"

"중국 사람이에요."

"아, 근데 한국말을 잘하시네요."

"중국 조선족이에요."

"그러시구나….."

어색한 공기와 함께 찾아드는 정적, 그리고 핸드폰을 만지작거리며 더는 대화하지 않으려 하는 그녀. 중국에서 왔다는 얘기를 듣는 순간 나에 대한 호감이 사라진 듯했다. 며칠 후 병원에서 만나 눈이 마주쳤지만, 그녀는 나를 모르는 척 했다. 옆자리가 비어 있음에도 멀찍이 자리 잡는 모습에 나 자신이 초라하게 느껴졌다.

인사할 용기가 나지 않아 두 눈으로 그녀를 쫓고 있었지만, 눈길 한 번 받지 못했다. 잘못 한 것도 없는데 주눅 들고 위축되었다. 사람의 태도, 눈빛만으로 상처가 될 수 있다는 것을 그때 처음 알았다.

'내가 뭘 그렇게 잘못했어?'

'조선족은 위험한 존재야?'

'외국 사람이면 친구가 될 수 없는 거야?'

엄마 원망해서 미안해 (메주 엄마와 메주 딸)

"엄마가 못 오신대. 자기 아들이 아픈데. 난 7년을 기다렸는데. 수상하려고 한 것도, 모델에 집착한 것도 다 그거 때문이었는데. 어떻게 자기 아들이 아프다고 문자 한 통으로…."

"안심돼서 그러신가 보다. 널 덜 사랑해서가 아니라 네가 더 안심돼서. 같은 날 만든 메주도 어떤 건 습기 차고, 썩고, 또 어떤 건 멀쩡하거든. 근데 멀쩡할수록 더 안 보게 돼. 그냥 둬도 잘 있겠지 안심이 되니까. 분명 다시 보러 오실 거야. 지금은 잠깐 습기 찬 메주를 보고 계신 것뿐일 거야."

- 드라마 〈반지의 여왕〉 중에서

엄마가 오빠들에게 주는 사랑에 비해 내가 받는 사랑은 언제나 작게 느껴졌다. 그 작은 사랑으로 마음 아파하며 원망하는 마음이 쌓여 갔다. 물론 엄마는 말했다. 모두 똑같이 사랑한다고. 그러나 내가 느끼는 사랑의 온도는 언제나 오빠들보다 몇 도쯤은 낮았다. 그 이유가 무엇일까.

조선족은 한족보다 '남존여비' 사상이 심하다. 무엇이든 아들이 우선이다. '남자는 부엌에 들어가는 거 아니다', '집안일은 여자가 하는 것이다', '여자가 공부 많이 해서 뭐해, 시집만 잘 가면 된다' 등 이런 말들을 당연하게 받아들이면서 자랐다. '남존여비' 시대의 피해자인 엄마도 부당한 대우를 받는다는 것조차 모른 채 그 세월을 살았다. 엄마가 초등학교 4학년일 때, 밭일을 나간 외할머니 대신 남동생을 돌보느라 학교에 가지 못하는 것이 아쉬워 어린 남동생을 업은 채 교실로 들어갔다고 한다.

"와아아아앙!"
업혀있는 남동생은 아이들의 낭독 소리에 놀라 울기 일쑤였다.

"공부는 하고 싶은데 동생이 우니까 할 수 없이 교실에서 쫓겨났지. 그래도 듣고 싶어서 창문 너머로 수업을 엿들었어. 그때 교실 안에서 수업하는 애들이 그렇게 부럽더라."

너무 안타깝고 마음 아픈 이야기다. 얼마나 외할머니가 원망스럽고 남동생이 미웠을까? 그러나 엄마는 어린 나이에도 원망과 미움을 내비치는 대신 자신이 해야 할 일들을 군말 없이 해냈다. 초등학교 2~3학년이 된 외손녀가 어리광을 피울 때면 하는 말이 있다.

"내가 저 나이 때는 부엌에서 불 지펴 밥을 했어."

엄마의 삶이 함축되어 있는 말이다. 그렇게 유년 시절을 보낸 엄마는 한 남자의 아내가 되었고, 동생들 뒷바라지하느라 고생한 까닭인지 아이를 하나만 낳고 싶었다고 한다. 그러나 혼자는 외롭다는 외할머니의 권유로 아이 셋을 낳았다.

어린 시절부터 세 아이의 엄마가 되기까지 세상이 부여한 관습에 익숙해져 스스로 많은 선택을 할 수 없었다. 그래서 일까, 안타깝게도 엄마는 자신이 피해자이면서도 유난히 남존여비사상이 강하다.

그런 엄마의 모습을 보며 나를 사랑하지 않는다고 생각한 적도 있다. 그러나 못다 한 공부를 다시 하고 싶다고 했을 때 누구보다 기뻐하고 응원해준 사람이 엄마였다. 다커서 결혼한 딸이 공부하고 싶다고 하니 학원비까지 대주며 열심히 하라고 하셨다. 대학을 졸업했을 때는 정말 대단하다며 나보다 엄마가 더 좋아하셨다. 엄마의 오랜 꿈을 내가 이루어 줬다고 생각해서 더 기뻐했는지도 모르겠다. 이런 엄마지만 가끔 엄마의 말과 태도에서 마음이 서늘해질 때가 있다. 그날도 그랬다. 이른 아침 큰오빠와 함께 가족여행에 관한 얘기를 나누고 있었다.

"덕주야, 아침에 물 한잔이 보약이란다."

"엄마는 귀찮게."

엄마가 건네는 물 잔을 받으며 배부른 소리를 하는 큰 오빠. 그러나 물 잔이 내게는 오지 않았다. 순간 섭섭했던 감정이 하나둘 머릿속에 떠올랐다. 가슴이 답답해졌다.

'엄마는 또 저러시네. 역시 아들밖에 모른다니까. 나는 자식도 아니야?'

물 한 잔 받지 못했다고 섭섭한 마음을 내비치면 속 좁은 사람으로 보일까 봐 혼자 속으로 씩씩거리고 있다가 다른 일로 엄마에게 짜증을 냈다.

"얘는 아침부터 짜증을 내고 있어. 성질머리하고는."
"내 성질이 어때서⋯."

이유 모를 짜증에 엄마는 당황해하며 내 성질이 더럽다고 했다. 시간이 조금 흐르자 마음이 진정되었고, 이런 기분으로 여행을 망치고 싶지 않아 엄마에게 처음으로 마음을 털어놓았다.

"엄마, 근데 아침에 왜 큰오빠한테만 물 주고 나는 안 줬어?"

"뭐?"

"큰오빠한테 물 주면서 나한테는 안 줬잖아."

"내가 그랬어? 몰랐어. 정말 미안하다. 내가 왜 그랬지?"

엄마는 화들짝 놀라더니 당신이 그랬다면 잘못한 것이라며 연신 사과했다. 그러면서 너는 챙기지 않아도 알아서 잘하는데 오빠들은 안 챙기면 할 줄 아는 게 없어 걱정이 앞선다고 말했다. 그때 알았다. 엄마는 나를 덜 사랑하는 것이 아니라, 잘 익은 메주처럼 보여서 신경이 덜 쓰였던 것이다.

무엇이든 척척 잘 해내는 엄마, 그에 못지않게 혼자서 씩씩하게 잘 해내는 나. 엄마와 나는 그냥 둬도 안심이 되는 예쁜 메주 딸이었다.

다른 메주보다 예쁘게 잘 있기에 못난이 메주에게 외할머니의 사랑을 뺏겼던 엄마, 그리고 오빠들에게 사랑을 빼앗겼다고 생각한 나. 우리는 사랑받고 싶어 하는 예쁜 메주였다.

흙먼지 뒤집어 쓴 오빠들

결혼 15년 만에 내 집 장만에 성공했다. 그러나 기쁨도 잠시, 20년이 다 되어 가는 집이라 이곳저곳 손댈 곳이 많았고 쓸 수 있는 돈에 한계가 있어 고민이 많았다. 그러다가 큰오빠의 전화를 받았다.

"태영아, 나 오늘 대구 간다."

"안산에서 대구까지 무슨 일로?"

"아니 철이(둘째 오빠) 온다고 하길래."

"알겠어, 조심해서 내려와."

"뭐 먹고 싶은지 생각해 놔. 사 줄게."

네 시간 후 큰오빠가 들뜬 표정으로 우리 집 문을 두드렸다. 그리고 내가 집을 샀다는 얘기에 화들짝 놀라며 축하해 줬다.

 "집을 샀다고? 축하한다야."

 "우리 집이라기보다 은행집이지 뭐."

 "그래도 화장실 정도는 너희 집일 거 아니야."

 "그 말도 맞네."

 한바탕 웃었다.

 "근데 아파트가 오래돼서 손을 좀 봐야 하는데 인테리어 비용이 만만치 않네."

 "어디 어디 손봐야 하는데?"

 "전부 고치고 싶은데 여의치가 않아. 그래도 벽지랑 장판은 꼭 할 거야. 문제는 화장실인데….."

 "화장실? 화장실은 타일 공사만 해 놔. 나머지는 둘째랑 내가 해 줄게."

 "오빠들이?"

 "그래, 우리 전문이잖아."

옳은 말이다. 오빠들은 새로 짓는 아파트의 화장실 변기, 세면대, 각종 액세서리를 공사하는 일을 하고 있었다. 고된 일이지만 열심히 노력한 덕분에 어느 정도 자리를 잡고 있었다. 화장실을 고칠 수 있다는 생각에 묵혔던 체증이 한꺼번에 날아가는 것 같았다. 오빠들은 일주일 뒤 서울에서 온갖 장비를 실어 대구까지 와 줬다. 그러고는 힘든 기색 없이 필요한 각종 도구를 들고 곧바로 화장실로 향했다. 흙먼지를 뒤집어 쓴 채 중간 중간 나의 의견을 묻는 오빠들의 얼굴에 웃음이 사라지지 않았다.

"태영아, 더 필요한 거 없어?"

"충분해, 완벽해. 정말 고마워."

양손으로 엄지척하며 연신 고맙다는 나를 뒤로하고 오빠들은 더 해 줄 것이 없는지 상의했다.

"야, 철아. 우리한테 있는 싱크대 탈수기 태영이 집에 맞겠나?"

"그래, 그거 달아주면 좋겠다. 그리고 샤워기도 이번에 더 좋은 게 들어왔는데 다음에 바꿔 줘야겠다."

충분하다는 내 말이 들리지도 않는지 오빠들은 하나라도 더 해 주고 싶은 마음에 공사가 끝난 화장실을 한참 들여다보았다. 덕분에 우리 집 화장실이 깨끗하고 세련되게 바뀌었다.

우리 남매는 어린 나이에 떨어져 지내야 했다. 남매의 정이라기보다 '나는 오빠가 있어'라는 표면적 사실이 전부였다. 그러다 한국에서 함께 살면서 서로에 대해 조금씩 알아 가기 시작했다. 처음에는 많이 싸웠다. 꼭 어린 시절에 못다 한 싸움을 하려는 듯. 싸우면서 정이 든다는 말을 증명이라도 하듯 그렇게 남매의 정이 쌓이기 시작했다. 가장 먼저 한국 생활을 시작한 나에게 아주 사소한 것까지 물어오는 오빠들이 부담스럽지 않았다면 거짓말이다. 그러나 한참 후에 알았다. 오빠들이 나에게 주고 싶은 것이 훨씬 많았다는 것을.

큰오빠는 좀 묵직한 면이 있다. 아빠를 대신해야 한다는 막연한 책임감 때문에 뭐든지 혼자 삼키는 편인데, 어느 날 오빠가 이런 말을 했다.

"친구니 뭐니 해도 역시 형제밖에 없어."

　무심코 던진 한마디지만 그 무게를 알기에 마음이 뭉클했다. 그 말을 하기 까지 나름의 용기가 필요했을 것이다. 워낙 무뚝뚝하고 쑥스러움이 많아 이런 말을 잘 하지 않는다. 감정을 혼자 삼키는 속 깊은 큰오빠이기에 '역시 형제밖에 없어'라는 말에 많은 감정이 내포되어 있다는 걸 잘 안다. 큰오빠와 가까워지면서 점점 의지하게 되었고, 그러면서 아빠를 대신해야 한다는 오빠의 책임감도 느껴졌다. 나의 뒤에서 든든하게 지탱해 주는 아빠 같은 오빠에게 나도 든든한 백이 되어 주고 싶다.

　둘째 오빠는 친구 같은 오빠다. 통화하다가 싸우고, 문자 보내다가 싸우고, 밥 먹다가도 싸운다. 격하게 싸우는 날은 인연을 끊자는 말로 끝이 난다. 물론 그 인연은 하루도 가지 못하고 다시 이어지지만. 별 볼 일 없는 일로도 한 시간 이상 통화하고, 주제상관 없이 스스럼없이 이야기한다. 지금은 한 아이의 아빠로서 더 큰 책임감을 느끼고 있을 것이다.

올케와 조카에게 든든한 울타리가 되어 가장의 무게를 견뎌 내는 오빠의 모습이 참 멋있다. 언제나 내 편인 오빠, 나도 언제나 오빠 편이니 힘들면 언제든지 기대도 된다고 말해 주고 싶다.

너는 조선족인 게 부끄러워?

　내가 쓴 초고를 본 오빠가 책 속에 넣어 보라며 들려준 이야기다. 오빠는 한 동밖에 없는 아파트에 살고 있다. 중국 사람도 여럿 사는 아파트다 보니 서로 친밀도가 높았다. 이웃 간의 왕래도 일반 아파트보다 왕성했다. 어느 날 오빠는 말투는 분명 조선족인데 한국인이라고 얘기하는 사람이 있다며 도저히 이해되지 않는다고 했다. 한국과 북한이 같은 언어를 사용하지만 억양이 다르듯 조선족도 지역마다 억양이 조금씩 다르다. 경상도와 비슷한 억양을 쓰는 지역이 있는가 하면 북한과 비슷한 억양을 쓰는 지역이 있는데, 우리가 흔히 아는 조선족 말투는 대부분 북한 억양이다.

　"태영아, 넌 조선족인 게 부끄러워?"

"아니, 그게 왜 부끄러워."

"근데 그 사람은 왜 그랬을까? 말투는 누가 들어도 조선족인데 한국인이라고 계속 우기니까 기분이 별로더라."

"기분이 좀 별로긴 하겠다. 무슨 사정이 있겠지."

"한국 사람한테는 숨긴다 해도 같은 조선족끼리 굳이 그럴 필요가 있나?"

오빠 얘기를 듣고 있는데 한국방송통신대학교에 다니면서 만난 사람이 생각났다. 그 사람도 말투는 분명 조선족인데 부모님이 한국 사람이고 본인은 중국에서 태어나 자랐다고 했다. 한중수교는 1992년대부터 시작되었고 그 전에는 중국에 쉽게 들어갈 수 없었던 걸로 안다. 그런데 1980년생인 그녀는 어떻게 중국에서 태어났을까? 그때의 기억이 오버랩 되었다.

1990년대 초 한중 교류가 시작되었을 때 말이 통한다는 이유만으로 한국을 더 빨리 접할 수 있었다. 그러면서 한국에 대한 동경이 생겼다. 한국에 가는 것만으로도 성공했다고 생각했다. 그렇다면 두 사람은 어떤 마음에서 그랬을까. 조선족이라는 타이틀이 싫어서였을까, 아니면 한국 사람들이 갖는 편견이나 선입견이 두려워서였을까. 아니면 한국 사람에 대한 동경으로 우월감을 느끼고 싶어서였을까. 이 모든 것은 나만의 추측일 뿐 그들의 정확한 속마음은 알 수 없다.

그러나 어떤 이유에서든 방어벽을 치고 살아가는 모습이 안타깝게 느껴졌다. 훤히 보이는 거짓말을 하는 그들도 마음이 편치 않을 것이다. 쌓아 올린 마음의 벽만큼 행복지수도 떨어지지 않을까?

한국 국적을 보유한 나는 지금도 '저 중국 사람이에요'라고 말한다. 중국사람, 조선족이라는 타이틀이 가끔 나를 아프게 하고, 편견 앞에 서게 하지만, 이 또한 나의 정체성이기에 숨길 생각이 없다.

참 고마운 사람들

감사한 인연

"온다고 힘들었지? 근데 정말 잘 왔어. 인우 아저씨(남편) 정말 착한 사람이거든."

"네, 고마워요."

"고맙긴, 우리 앞으로 잘 지내보자."

"네, 언니."

한국 땅을 밟고 시댁 식구 외에 처음으로 만난 한국 사람은 남편의 직장 상사 부부였다. 첫 만남인데도 예전부터 알고 지낸 사이처럼 어색함이 없었다. 두 손을 꼭 잡으며 나를 바라보던 정희 언니의 따뜻한 눈빛과 표정이 생생하다. 임신 막달이던 언니가 출산한 뒤에는 매일 언니 집으로 출석 도장을 찍으러 가는 것이 일과였다. 처음 보는 신생아는 신기하면서도 예뻤다. 아이를 너무 예뻐한 까닭일까. 얼마 지나지 않아 나도 임신을 했다. 그 무렵 언니는 둘째를 임신했는데 공통분모가 생긴 우리는 두 집 살림 한 가정이라고 해도 될 정도로 붙어 다녔다. 같은 직장을 다니는 남편들은 우리가 있는 곳으로 퇴근해 함께 밥을 먹고 육아를 했다.

그러는 동안 조금씩 한국 생활에 적응해 갔다. 내 마음대로 물건을 담을 수 있는 대형 마트는 새로우면서도 신기했다. 중국에 있을 때는 대형 마트가 지금처럼 흔하지 않아 경험이 별로 없었다. 한국은 나에게 그야말로 신세계였다. 택시 외엔 자가용을 타본 적이 별로 없었는데 처음 남편 차를 타고서 나도 모르게 입 꼬리가 올라갔던 것이 아직도 선명하게 기억난다. 처음 해 보는 것이 많았다. 하나둘 탐색하다 보니 알아듣지 못했던 외래어도 알아듣기 시작했다.

혼자였으면 엄두도 나지 않는 것들을 언니를 따라 하며

하나씩 해내기 시작했다. 가끔 말실수를 하기도 했다. '씨 없는 수박'을 '씨 없는 씨박'라고도 하고, 남편이 '누워서 침 뱉으면 어떻게 될까?'라고 물으면 '편하지'라고 답하기도 했다. 객관적으로 봤을 때 편한 건 맞지 않을까? (그만큼 속담에 대해 무지했다.)

남편이 어이없어 하는 이유를 모르겠다는 나의 하소연에 뒷목을 잡던 언니. 그럼에도 불구하고 하나부터 열까지 차근차근 설명해 주고 이해시켜 줬다. 덕분에 한국 문화를 빠르게 습득하기 시작했고 자연스럽게 한국 사람들과 어울리게 되었다.

아이가 다섯 살 무렵 경주에 계시는 시부모님과 같이 살게 되면서 자주 만나지 못했고, 직장 생활을 시작하면서 더더욱 보지 못하게 되었다. 그러나 오랜만에 만나도 낯설지 않은 언니, 언제나 나를 따뜻하게 맞아 주는 언니에게 고마운 마음을 글로 남겨 본다.

> *TO. 정희 언니*
>
> *한국말도 제대로 알아듣지 못했던 내가 지금은 사회의 한 일원으로 그리고 직장인으로 자리를 잡아 가고 있어. 언니가 한국 문화의 기초를 잘 잡아 준 덕분이야. 친정 언니처럼 하나부터 열까지 도와주고 애써 줘서 너무너무 고마워 언니. 언니는 언제나 나의 언니.*

다름을 이해하다

"이 언니랑 나는 맞지 않아. 그만 만날래."

지영이 언니를 몇 번 만나고 난 뒤 내린 결정이다. 그러나 삶이란 참 아이러니해서 지금은 동창 같은 언니가 되었다. 고교 동창을 만나 할 만한 얘기를 언니와 하고 있다. 언니와 나는 겉보기에도, 성격적으로도 많이 다르다. 외향적인 나와 내향적인 언니. 첫 만남부터 다르다는 것을 알았다. 혼자서 다시 만나는 일은 없을 거라고 호언장담했는데 지금은 절친이 되었다.

"태영 씨, 오늘 뭐 해요? 날씨가 너무 좋은데 애들 데리고 공원에 갈래요?"

"아니, 저는….."

내가 머뭇거리자 언니는 강요하지 않았다.

"그러면 다음에 같이 가요."

손을 내미는 언니를 거절하며 지내다가 아이들이 같은 유치원을 다니게 되면서 거짓말처럼 급속도로 친해졌다. 거기에 초등학교, 중학교까지 같은 학교에 진학하자 관계가 더 깊어졌다. 성향이 다른 언니와 나는 의견이 충돌할 때가 많았다. 특히 아이들을 교육하는 방식에서 극과 극이었다. 공부를 예로 들면 언니는 스파르타식, 나는 자유로운 방목형이었다.

"언니, 예슬이가 지금 고등학생이에요? 고작 초등학교 1학년인데 너무 가혹한 거 아니에요?"

"습관은 어릴 때부터 잡아야 해요."

"습관 잡는 것도 좋은데 애가 너무 힘들어하잖아요."

"아니야, 지금부터 안 잡으면 나중에는 안 잡혀."

끝내 우리의 의견은 좁혀지지 않았다. 가끔 격해지는 날에는 따져 묻기도 했다. 그러면서 알게 되었다. 서로의 교육 방식이 완전히 다르다는 것을, 옳고 그름을 떠나 서로의 방식을 존중하는 것이 중요하다는 것을. 다름을 인정하고 받아들이니 오히려 도움이 될 때가 많았다.

그런데 아이러니하게도 딸들도 엄마를 닮아서 성향과 성격이 완전히 다르다.

"엄마, 예슬이랑은 안 맞는 거 같아."
"왜, 무슨 일 있었어?"
"나는 나가서 놀고 싶은데 예슬이는 책 읽고 싶데."
"그럼 같이 책 읽다가 나가면 되잖아."
"근데 나가서도 안 놀고 앉아만 있어."

둘이 같이 놀러 나갔다가 각자 따로 집으로 오는 날이 다반사였다. 그랬던 아이들도 같은 중학교에 다니고 함께 방송부 활동을 하며 친해졌다. 중3 때는 딸아이가 친구들과 문제가 생겼을 때 예슬이가 큰 힘이 되어 주면서 두 아이의 우정이 깊어졌다. 스물한 살이 된 지금은 둘도 없는 절친이 되었다. 어른들 얘기처럼 '오래 살고 볼 일'이다.

TO. 지영 언니

몇 달에 한 번 보거나 심지어 일 년에 한 번 볼 때도 있지만, 그럴 때마다 시간의 흐름이 우리 사이에는 없었던 것처럼, 마치 어제 만났던 것처럼 자연스러워서 놀랄 때가 많아요. 한마디도 지지 않고 대드는 나를 너그럽게 이해해 주고 예뻐해 줘서 고맙고, 고교 동창이 없는 나에게 언니이자 친구가 되어 줘서 고마워요.

희망, 용기

"태영 씨라면 할 수 있어요."

"태영 씨라면 해 낼 거예요."

"태영 씨, 지금 잘 가고 있어요."

한국 생활 20년 동안 나를 믿어 주고 지지해 주는 S가 있다. 인생이라는 넓은 바다를 항해하며 휘청거리는 나에게 나침반 역할을 해 준 사람이다. 투정 부리는 날에도, 무기력해서 아무것도 해내지 못하는 날에도 포기하지 않고 지지해 줬다. S는 '노력은 선불이다'라는 말을 증명이라도 하듯이 꿋꿋이 자신만의 길을 걸어가고 있다. 꾸준히 노력하면 그것이 성과로 이어진다는 것을 증명해 내고 있다. 그 모습에 자극도 받고 용기도 얻었다. 그러면서 발견했다. S는 내가 되고 싶은 모습을 나보다 한 걸음 앞서 이루어 가고 있다는 것을.

　평범한 일상도 좋은 삶이다. 그러나 거기에 만족하는지 고민해야 했다. 퇴근 후 살림과 육아를 하는 것만으로 삶이 충만한지, 그걸로 만족하는지 나에게 물었다. 대답은 아니었다.

　나는 성장을 추구하는 사람이었고, 삶이 나만의 의미를 지니기를 바라는 사람이었다. 나는 의미 있는 삶을 원했다. 하지만 무엇인가를 꾸준히 끈기 있게 하는 사람은 아니었다. 모순이었다. '하고 싶은 마음'과 '미루고 싶은 마음'이 종종 씨름하곤 했는데, 결국 이기는 건 미루고 싶은 마음이었다. 이는 나를 괴롭히는 시점이고 나를 잃는 과정이었다.

　그럴 때마다 나는 S를 찾았다.

　"태영 씨가 이대로 괜찮으면 괴로워하지 않아도 돼요. 삶에는 정답이 없어요."

　"괴로워요. 잘하고 싶은데 늘 무너져 버려요."

　"누구나 넘어져요. 넘어진 자리에서 다시 훌훌 털고 일어나면 돼요."

　"또 반복될까 봐 두려워요."

　"주저앉은 그 땅을 짚고 다시 일어서 봐요. 거기서부터 다시 시작하면 되니까요."

　그렇게 몇 년이 흐르고 오랜만에 나를 만난 사람은 깜짝 놀란다. 이전보다 활기차 보이고 당당해 보인다고 말한다. 주눅 들어 눈치만 보던 어두운 모습이 사라졌기 때문일 것이다. 나를 조금씩 알아 가면서 S에게 받기만 하는 것 같아 마음이 무거웠다. 그러다가 문득 이런 생각이 들었다. S는 내가 생각이든, 행동이든, 태도든 나다움을 찾아가는 모습만으로도 기뻐할 거라는 생각이 들었다. 내가 아는 S는 그런 사람이니까.

> TO. S에게
>
> "저 잘 가고 있죠? 20년 동안 나의 모든 투정을 받아 주고 언제나 할 수 있다, 하면 된다고 말해 줘서 고맙습니다. 그 말 덕분에 오늘 제가 여기까지 올 수 있었습니다. 나다움으로 살아갈 때 당신도 진정으로 기뻐하리라 생각합니다. 함께한 시간보다 함께할 시간이 더 많이 남아서 행복하고 감사합니다. 당신은 내 인생의 네 잎 클로버입니다."

가장 힘들고 어려울 때 조건 없이 나에게 손을 내밀어 주고, 연고지가 없는 마음에 버팀목이 되어 주고, 내 나라 내 땅이 아니라서 마음이 헛헛할 때 세심한 배려를 보내 준 고마운 인연들. 그 인연들 덕분에 오늘의 나는 이방인이 아니다.

이제는 낯선 땅, 이방인이라는 말이 어색할 정도로 한국 생활에 완벽히 적응했다.

요즘은 굳이 중국 사람이라고 말하지 않는다. 대부분은 내가 한국 사람이라는 데 일말의 의심도 하지 않는다. '중국 사람인 것을 들키면 어떡하지?'라는 걱정도 하지 않는다. 알아도 그만, 몰라도 그만이다. 중국 사람이라는 이유로 더는 주눅 들거나 위축되지 않기 때문이다.

의도치 않게 중국말을 할 상황이 생겨 중국말을 하면 다들 신기해하며 어떻게 중국말을 그렇게 잘하냐고 묻는다. 그러면 "저 중국말 되게 잘하죠?"라며 웃어넘긴다. 그러면서 놀라는 사람들의 반응을 은근히 즐기는 것도 사실이다.

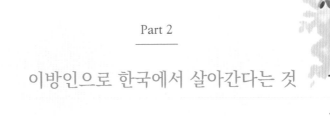

Part 2

이방인으로 한국에서 살아간다는 것

활성 댁의 외국 며느리

"양동 댁네, 중국 며느리 집 나갔다더라."

"베트남 며느리 데리고 왔는데 말이 안 통해 애먹고 있단다. 붙어 살겠나."

"아를 둘이나 놓고 도망갔다네. 독하기도 한기라."

한동안 시댁에 가면 듣던 말이다. 중국인 며느리인 내가 도망 갈까봐 조바심이 났던 건지, 어머니는 동네 사람들과 나눈 얘기를 여과 없이 풀어내셨다. 마음이 편치 않았다. '너도 도망갈 생각이야?'라고 묻는 것만 같았다. 좋지 않은 사례가 많은 국제결혼 앞에 나는 작아졌다. 선입견을 가지고 있는 시부모님을 비롯해 시댁이 있는 마을 사람들과 남편의 주변 사람들에게 '나는 도망가지 않아요'라는 것을 늘 증명해야 했다.

시댁의 모든 행사에 빠짐없이 참석했고, '여자라면 해야 한다'라는 많은 관습을 편견 없이 받아들였다. 달걀프라이도 제대로 뒤집을 줄 모르면서 온종일 쪼그리고 앉아 부추전, 명태전을 부쳐 내며 제사 지내는 일에 동참했다. 한국 며느리의 삶을 살아내며 불만이 없었던 것은 아니었지만, 어머니와 아버님의 삶을 알게 되면서 많은 부분이 이해되었다.

경상북도 한 농촌 마을에서 열아홉 살 여자와 스물여덟 살 남자가 만나 부부의 연을 맺었다. 그리고 아들 둘을 낳고 50여 년간 함께 살았다.

어머니는 가난한 남편에게 시집와 형님 집에서 얹혀살며 살림을 시작했다. 형님 눈치 보랴 시아버지 모시랴 얼마나 불편하고 힘드셨을까? 그렇게 몇 년간 함께 살다가 형님에게 그릇 몇 개를 얻어 남의 집에서 셋집살이를 시작했다. 그때는 무엇이든 귀한 시절이었다. 아무것도 없이 시작한 살림이기에 이웃집에서 얻어 온 간장 한 그릇도 애지중지하셨다.

하지만 그런 어머니의 마음이 무색하게 형님한테 받아온 그릇에 금이 가 있었는지 밤사이 간장이 모두 새어 나가고 말았다. 정말 울고 싶었다고 하셨다. 그 뒤로 어머니는 그릇에 한이 맺혀 돈이 조금씩 생길 때마다 그릇을 하나씩 사 모으셨다. 낱개로 구매하다 보니 그릇 크기며 모양이 제각각이었다. 그러나 어머니에게는 세상에서 가장 예쁜 그릇이었다.

간장도 마찬가지다. 식구도 많지 않은 집인데 간장이 큰 장독대에 가득가득 채워져 있다. 어머니는 밭에서 채소를 가꿔 장터에 내다 파셨다. 채소를 팔다가 화장실이 가고 싶어도 화장실 사용료 50원이 아까워 소변을 참으며 집까지 왔다고 하셨다. 10~20분의 거리가 아니었는데 말이다. 악착같이 일하고 아끼셨다. 그 덕에 무일푼으로 시작해 땅도 사고 집도 근사하게 지으셨다.

내가 시집오고 10년이 지나도록 외식은 하늘의 별 따기였다. 무조건 집에서 밥을 먹었다. 시부모님 생신에도 집에서 음식을 해서 나누어 먹었다. 주말에 시댁에 가면 몸이 녹초가 되도록 일을 도왔다. 밭일을 해 보지 않은 나는 시댁에 한 번 다녀오면 이삼일은 몸살로 앓아누워야 했다. 한 번씩 돕는 나도 이렇게 힘든데 어머니는 이 고된 일을 매일 반복하셨다. 삶의 무게와 고됨이 젊은 시절, 예쁘고 고분고분했던 한 소녀를 억척스럽고 기 센 여자로 만들었다.

어머니의 지난 세월을 알고 나니 안쓰러운 마음이 들기 시작했다. 그래서 살갑게 다가가기 위해 노력했다. 농담도 건네고 뒤에서 안아 드리기도 했다. 처음 뒤에서 안았을 때 어머니는 화들짝 놀라 피하셨다. 무뚝뚝한 아들 둘, 애교가 많지 않은 큰며느리. 스킨십 자체가 낯선 집안이었다. 하지만 내심 싫지는 않으신 것 같았다. 요즘은 한 술 더 떠 딸처럼 어머니에게 잔소리를 늘어놓는다. 감사하게도 이런 나의 잔소리를 어머니가 싫어하지 않으시고 허허 웃으면서 알았다고 하신다. 한평생 고생하셨으니 이제는 삶의 고됨을 내려놓고 편안하게 남은 생을 즐기셨으면 좋겠다.

아빠 같은 아버님. 아버님은 어머니랑 치열하게 싸우시지만 결론은 늘 패배다. 나는 이 싸움을 애정의 싸움이라 정의한다. 왜냐면 서로 힘들어하는 것 같지 않기 때문이다. 나에게는 세상 어디에도 찾아볼 수 없는 좋은 아버님이셨다. 말수는 적지만 행동으로 애정을 보여 주셨다. 내 그릇에 갈치를 발라 얹어 주시고, 반찬을 집어 얹어 주셨다. 아들을 낳지 못했다는 이유로 어머니께 구박받는 나를 감싸주던 분도 아버님이셨다.

"너는 옛날 같으면 아들 못 낳아서 쫓겨났어."
"아버님, 저 아들 못 나아서 어머니한테 쫓겨날 거 같아요."
"어허, 세월 따라 살아야지. 세월이 어떤 세월인데."

그런 아버님이 어느 날 숨 쉬기가 어려워 병원을 찾았다가 대학병원으로 가 보라는 권유를 받았다. 어머니가 다급한 목소리로 전화를 하셨다.

"야야, 경주병원에서 대학병원에 가보라 카네."

"많이 안 좋으시데요?"

"아니, 아무 말도 안 해 주고 그냥 대학병원을 가보라 칸다."

"그럼 대구로 바로 오세요."

"근데 지금은 또 괜찮다고 너거 아버지 안 가겠다고 하시네."

"안돼요. 오늘 바로 올라오세요."

"그럼 준비해서 내일 바로 가꾸마."

검사 결과는 절망적이었다. 손을 쓸 수 없는 폐암 말기였다. 아무 말도 할 수 없었다. 암 덩어리가 커져 언제 숨구멍을 막을지 모르는 상황이라 혹이 더 커지는 것을 막기 위해 항암 치료를 해야 했다. 여든이 넘은 나이라 항암 치료를 감당하기 힘들 거라는 사실을 알지만 혹을 줄이는 것이 아버님의 생명을 연장하는 유일한 방법이었다. 정밀 검사를 위해 MRI를 찍어야 하는데 폐소공포증이 있는 아버님이 걱정을 많이 하셨다.

"아버님, MRI 검사하는 거 힘들지 않겠어요?"

"우선 해 보자."

검사를 마치고 나온 아버님께 물었다.

"아버님, 괜찮으셨어요?"

"처음에는 숨이 턱턱 막혔는데 검사하고 치료하면 살 수 있다고 하니 참아지더라."

사실 그때까지도 아버님에게 폐암 말기라는 얘기를 하지 않았다. 충격 받고 모든 치료를 거부하실까 봐 숨기고 있었던 터라 마음이 무거웠다. 치료하면 나을 거라고 굳게 믿던 아버님은 모든 치료에 적극적이셨다. 누구보다 삶에 대한 열망이 가득하셨다. 몇 번의 항암 치료를 받는 동안 몸이 쇠약해져 오늘을 넘기지 못할 거 같다는 어머니의 전화를 받고 한밤중에 대구에서 경주로 내려가는 날도 있었다. 그러다가 아버님은 폐암 판정을 받고 10개월 만에 돌아가셨다.

10개월 동안 항암 치료를 받으러 대구로 자주 오셨고, 하룻밤은 우리 집에서 지내다 가셨다. 몸이 많이 약해져 혼자 걷는 것도 힘드셨던 아버님은 늘 밤이 지겹다고 하셨다.

거실에서 시부모님과 얘기를 많이 나눴다. 6·25 전쟁 때 아버님 머리 위로 총알이 날아다녔다는 얘기, 부모도 형제도 거의 사망하고 막내인 아버님과 바로 위에 형만 살아남았다는 얘기, 부모 없는 어린 시절 남의 집에서 머슴살이했던 얘기, 똑같이 남의 집 머슴살이를 하던 형이 명절 주인집에서 얻은 떡을 가져와서 맛있게 먹었다는 얘기 등 이런저런 얘기를 하다 보면 자정이 훌쩍 지나 있었다.

"오늘은 며느리 덕분에 밤이 지겹지가 않네."

우리 집에 오시는 날이면 옛날얘기를 꺼내며 두 분은 과거 여행을 떠나시곤 했다. 했던 얘기를 또 해도 재미있어하시던 시부모님, 들은 얘기를 듣고 또 들어도 흥미로웠던 나. 이미 잠자리에 든 남편을 두고 이야기꽃을 피우느라 시간 가는 줄 몰랐다. 주말에 경주에 갈 때마다 내 손을 꼭 잡으며 아버님은 늘 그러셨다.

"작은며느리, 고생 많았다. 그리고 고맙다."
"너무 고맙다."

"고맙다, 고맙다. 고생했다."

나를 만날 때마다 고마움을 온몸으로 표현해 주시던 아버님. 지금은 돌아가셨지만 함께했던 시간을 회상할 수 있어 감사하고, 나에게 베풀어 주신 사랑이 그립다. 아버지의 정을 느끼게 해 주신 아버님께 내가 더 많이 고마워한다는 것을 아버님은 아실까.

달 같은 남편, 별 같은 아내

"당신은 참 별 같은 사람이야."

남편이 가만히 나를 바라보다 뜬금없이 내뱉은 말이다. 순간 내가 그렇게나 반짝반짝 빛나는 사람인가 싶어 자아도취에 빠지려는 찰나, 남편이 다시 말했다.

"뾰족뾰족해서 다른 사람도 아프게 하고 당신 자신도 아프게 하는 거 같아."

남편과 나는 세상을 바라보는 시선이 완전히 달랐다. 한쪽은 '둥글게 둥글게'가 좋은 사람이고, 한쪽은 뾰족뾰족 세모 난 시선으로 세상을 바라보고 있었다. 남편이 나를 보면 왜 저렇게 힘들게 살까 생각했고, 나는 좋은 게 좋은 거라는 남편의 생활 방식이 답답했다. 뭔가 손해 보며 사는 것 같아 싫었다. 그러나 정작 본인은 그렇게 생각하지 않았다. 현재 상황에 만족하고 다른 사람과 비교하지 않으며 사람이든 관계든 애쓰지 않는 성격이다. 좋으면 좋은 대로 나쁘면 나쁜 대로 그냥 받아들였다. 반면 나는 눈과 마음에 걸리는 것이 많았고, 다른 사람과 비교하며 만족하지 못했다. 좋은 건 좋지만 나쁜 건 나빴다. 내가 남편을 답답해하는 만큼 남편도 내가 애처로웠을 것이다.

문화와 생활 방식이 달랐기에 그것만으로도 싸움거리가 많은데 성격마저 이렇게 다르니 우리 가정은 세계 평화와는 거리가 멀었다. 하루가 멀다고 세계 대전이 벌어졌다. 날카로운 모든 것이 필터 없이 상대방에게 날아갔다. 이래도 좋고 저래도 좋은 남편은 이런 상황을 받아들이기 버거운 날이면 참다가 폭발해 버린다. 말로 나를 이길 수 없다는 것을 일찍이 깨달은 남편은 나와 말로 싸우려 하지 않았다. 대신 물건을 던지는 것으로 분노를 표출했다 (물론 지금은 수저 하나도 함부로 던지지 않는다).

나는 그런 모습을 용납할 수 없었다. 물건을 내던지는 순간 전쟁은 멈췄지만, 이튿날에는 전쟁의 끝을 맺기 위해 가정법원으로 향했다.

그렇게 치열하게 15년을 싸우고 나서야 알았다.

남편과 나는 삶의 방식이 다르고 추구하는 것이 다르다는 것을, 부부라는 이유만으로 남편을 바꾸려 하고 바뀌길 바랐다는 것을. 사람은 바뀌기로 스스로 마음먹지 않는 이상 절대 바뀌지 않는다는 것을 15년 동안 싸운 뒤에 깨달았다.

그때부터 방법을 바꿨다. 꼭 바뀌면 좋겠다는 것을 최대한 예쁜 말로 표현했다.

"말을 예쁘게 해 주세요."

"그렇게 말하면 상처받아요."

"양말을 뒤집어서 벗어 놓지 않으면 좋겠어요."

"빨래는 세탁실에 갖다 놓으면 안 될까요?"

"변기 커버는 바로 내려놓으면 안 될까요?"(새벽 잠결에 화장실에 갔다가 봉변당한 것이 한 두 번이 아니다.)

　물론 예쁘게 부탁 한다고 해서 단번에 바뀌지는 않는다. 그래서 몇 번 반복하다 보면 내 속에 잠들어 있던 호랑이가 깨어난다.

　"도대체 몇 번을 얘기해야 해요!"
　"내가 이 집 종이에요?"
　"나 혼자만 이 집에서 살아요?"

　앙칼진 나의 목소리가 들리면 남편은 '그렇게까지 화낼 일이야'라며 의문 가득한 얼굴로 나를 바라보았다. 똑같은 말을 앵무새처럼 꾸준히 반복하며 어느 정도 세월이 흐르고 나니 남편이 세뇌당한 건지 하나씩 바뀌기 시작했다. 양말은 더는 뒤집어지지 않았고, 빨래도 세탁실로 잘 향했다. (변수는 딸이다. 아빠와 똑같은 행동을 반복하고 있다. 나의 어떠한 태도도 먹히지 않고 개화도 되지 않는다. 일단은 두고 보기로.)

지금은 남편이 음식물 쓰레기와 분리수거를 담당한다. 내가 없을 때는 식사 후에 설거지를 쌓아 두지 않고 싱크대를 항상 깨끗하게 유지해 준다. 그러나 여전히 바뀌지 않는 것들이 있다. 변기 커버는 올라가 있는 날이 많고, 술 마시면 내가 싫어하는 행동들을 한다. 그러나 달처럼 둥글둥글한 성격은 20년이 지나도 바뀌지 않았다. 변하지 않는 남편 덕분에 별같이 뾰족했던 내가 달 같은 사람이 되고 있다.

남편과 나는 많이 다르다. 그렇기에 따로국밥처럼 각자의 영역을 침범하지 않으며 살고 있다. '왜 함께 살아야 하는지' 의문을 가진 적도 있다. 그러나 남편을 내 입맛에 맞게 바꾸려고 했던 욕심이 우리를 따로국밥으로 만들었다는 것을 알게 되었다. 그래서 지금은 가족이라는 울타리 안에서 서로 할 수 있는 최선을 다하며 따로국밥이 되었다가 섞어 국밥이 되는 방식으로 방향을 바꾸었다. 그렇게 우리는 조금씩 서로에게 스며들어 간다.

언제나 당신을 지지해 줄게

나는 공부를 많이 하지 못했다. 일곱 살 때 아빠가 돌아가시고, 엄마가 우리 삼 남매를 키우셨다. 환경이 우울했고 상황은 좋지 않았다. 남들보다 조금 일찍 시작한 사회생활에서 많이 배우지 못한 것에 대한 서러움을 겪다 보니 공부를 다시 하고 싶다는 생각이 간절했다. 이런 생각은 하고 싶은 것에 대한 희망을 놓지 않게 해 주었다. 앞이 보이지 않는 캄캄함이 엄습해 와도 지금보다 잘 살 거라는 생각이 머릿속을 떠난 적이 없었다.

"저는 살림도 할 줄 모르고 음식도 할 줄 몰라요."
"괜찮아요. 천천히 배우면 되죠."

첫 만남부터 결혼을 전제했던 우리. 서른두 살의 남자와 스물두 살의 여자는 이렇게 만났다. 나를 예쁘게 포장하는 대신 있는 그대로의 나를 보여 주기로 했다.

쭉 기숙사에서만 생활하다 보니 음식이며 살림이며 할 줄 아는 것이 없었다. 결혼하고 몇 년 후 내가 요리하는 모습을 보고 충격 받은 오빠들의 표정이 아직도 생생하다. 여동생이 제대로 된 음식을 내놓으니 깜짝 놀란 모습이었다. 결혼 후 남편에게 물어본 적이 있다. 나는 아무것도 할 줄 몰랐는데 어떤 부분에서 끌렸냐고. 남편의 대답은 간단했다. 솔직해서 좋았고, 꾸밈없는 모습에 오히려 믿음이 갔다고 했다.

한국에 넘어와 본격적으로 주부 생활에 입성했다. 모든 것이 서툴렀기에 김치찌개와 된장찌개 끓이는 법을 어머니한테 배웠다. 요리책을 사서 음식을 만들어 보기도 했다. 음식을 해 주면 잘 했다며 맛있게 먹어 주던 남편. 물론 성공보다 실패가 많았고 음식을 직접 해서 먹는 날보다 사 먹는 날이 많았다.

지금도 음식에는 취미가 없지만, 주부 20년 차, 지금은 손님상 정도는 차려낼 수 있는 실력이 됐다.

주부로서의 삶은 그럭저럭 잘 해내고 있지만 내 마음은 생각만으로 움직여지지 않았다. 어느 순간부터 기댈 수만 있다면 지푸라기에라도 기대어 살아내려고 발버둥 치고 있었다. '잘 될 거야.'라는 말을 스스로 되뇌던 나는 없었다. 당찬 모습도 온데간데없었다. 그런 나를 지켜보는 남편도 힘들었을 것이다. 그러나 한 번도 '당신 왜 그래?'라는 말을 한 적이 없다. 힘들어하는 나를 그냥 지켜봐 줬다. 그리고 기다려 주었다. 그러다가 공부를 해 보겠다는 나의 말에 흔쾌히 지지해 주었다. 지금도 그렇지만 내가 하고 싶다는 것을 반대한 적이 없다. 그러나 가끔 얄미울 때도 있었다. 남편은 공부에 취미가 없는 사람이다.

"나는 돈 주고 공부하는 사람 보면 신기하더라."

"왜요?"

"나는 책만 보면 잠 오거든. 근데 그걸 어떻게 읽고 공부를 해?"

“공부가 마냥 재밌지만은 않지.”

“그러니까 그걸 왜 돈 주고 하는지 이해가 안 되긴 해.”

이랬던 남편이 주말에 핸드폰만 하는 나를 보면 또다시 의문 가득한 채 물어온다.

“공부 안 하나? 책 안 읽나?”

“돈 주고 공부하는 거 이해 안 된다면서요?”

“이해는 안 되지.”

“근데요?”

“….”

내가 책을 읽거나 공부하는 모습이 좋아 보였는지 이러한 말을 툭툭 건네는 남편. 이런 남편이 술을 마시면 솔직한 속마음을 보여 준다.

“나는 당신이 공부하는 모습이 정말 좋아. 언제든지 당신 지지해 줄 거야. 하고 싶은 거 다 해.”

무뚝뚝한 경상도 남자 아니랄까 봐 평소에는 말이 없다. 그렇기에 한 번씩 취중 진담으로 나오는 말을 저축하듯 마음속에 차곡차곡 쌓아 둔다. 가끔 얄미울 때도 있지만 누구보다 나를 지지하고 응원해 준다는 것을 알기에 마음속에 저축해 둔 남편의 말들을 되씹어 본다.

"서로에 대해 알아갈 시간도 없이 첫 만남부터 결혼을 전제했던 우리가 서로를 알아 가며 20년 동안 함께 살고 있네요. 이 긴 시간 동안 나를 있는 그대로 받아 주고, 내가 짓는 호랑이 인상도 20년째 받아 줘서 고마워요. 가정이라는 울타리 안에서 내가 하고 싶은 것을 마음껏 할 수 있게 해 줘서 고마워요. 나를 지지해 주고 인정해 줘서 고맙고, 앞으로도 잘 살아 봅시다."

너에게 편견이 상처가 될까 두려워

"엄마, 나 뺨 맞았어."

"응? 뭐라고?"

처음에는 내가 잘못 들은 줄 알았다. 초등학교 5학년 여자아이가 뺨을 맞았다니. 딸을 키우면서 '사랑의 매'라는 것을 가장한 매를 든 적은 있지만 절대로 뺨을 때린 적은 없었다. 나는 어릴 때 남자아이에게 뺨을 맞은 기억이 있다. 수십 년이 지난 지금도 지워지지 않은 상처로 남아 있기에 딸의 마음이 걱정되었다. 자초지종을 물으니 4학년 때 같은 반이었던 남학생과 장난을 치다가 맞았다고 했다. 이미 일 년이나 지난 일이라 놀라지 않을 수 없었다.

"지민아, 근데 그때 왜 얘기 안 했어?"

"그냥, 담임 선생님도 내가 잘못해서 그런 거라고 했으니까."

부글부글 속에서 화가 치밀어 올랐다. 4학년 때 담임 선생님이 나에게 연락하지 않은 것도, 딸이 맞을 만해서 맞았다는 식으로 얼버무린 것도 이해되지 않았다. 일이 손에 잡히지 않았고 좀처럼 마음이 가라앉지 않았다. 곧바로 학교에 전화해 작년 4학년 담임 선생님이 아직 학교에 있는지 확인하고 찾아갔다. 마음 같아서는 당장 교장실로 쳐들어가고 싶었지만, 4학년 담임 선생님을 만나는 것이 먼저였다.

정장에 8cm 힐을 신고 화장을 했다. 키가 166cm인 내가 8cm 힐을 신으면 웬만한 남자 키가 된다. 일부러 그렇게 입고 신었다. 딸이 다문화가정 아이라서 또는 내가 외국인 엄마라서 생겨난 편견 때문에 딸이 이런 취급을 당한 게 아닌가 하는 불안함을 감추기 위해서였다. 노래 가사처럼 슬픈 예감은 왜 틀린 적이 없는 건지.

4학년 담임은 처음엔 딸이 장난을 너무 심하게 쳐서 남자아이가 뺨을 때렸다고 했다. 그러면서 다문화 주제가 나오면 딸이 유독 예민하게 반응했다고 말했다.

선생님의 말이 곱게 들리지 않았다. 다문화가정이고 외국인 엄마라서 딸이 부끄러워한다는 뉘앙스가 마음에 들지 않았다. '한국인 엄마였어도 가정에 이 상황을 알리지 않았을까?' 익숙한 감정이 올라왔고, 나는 용감해져야 했다. 내가 상처받는 것은 괜찮지만, 다문화가정이란 이유로 딸이 상처받는 것은 그냥 둘 수 없었다.

"선생님, 지금까지 지민이를 키우면서 다문화가정이란 이유로 편견 앞에 아이를 노출시킨 적 없어요. 한국 엄마 못지않게 노력하는 엄마의 모습을 보여 주었어요. 그리고 무엇보다 우리 지민이, 중국어도 가르치고 통역도 하는 엄마에게 자부심이 있는 아이예요. 그런데 선생님 말씀처럼 딸이 다문화가정에 예민한 반응을 보였다면 제 교육 방식에 문제가 없는지 되돌아봐야겠네요."

"아니에요, 어머니. 지민이가 다문화가정 아이다 보니 제가 아이의 반응을 예민하게 바라봤을 수도 있을 거 같네요."

선생님의 얘기에도 불편한 감정이 사라지지 않았다. 그러나 내 감정을 앞세워 선생님과 잘잘못을 따지고 싶지는 않았다. 대신 두 가지를 요구했다. 하나는 선생님이 그날 일에 대해 딸에게 직접 사과하고, 다른 하나는 뺨을 때린 남학생의 부모님을 만나게 해 달라는 것이었다. 선생님은 일 년 전 사건에 대해 딸에게 사과했고, 나는 남학생의 부모를 만나 뺨을 때린 행위에 대해 사과하기를 요청했다. 남학생의 부모님은 어떠한 상황에서도 뺨을 때리는 것은 잘못한 일이라며 진심으로 미안해했다.

사건은 잘 마무리되었지만 친구들 앞에서 뺨을 맞은 딸의 마음에 여전히 상처가 남지 않을까 걱정되었다.

친구들 앞에서 딸의 체면을 살려 주고 싶었다. 곧바로 5학년 담임 선생님에게 전화해 학급 전체를 대상으로 중국

문화 수업을 무료로 해 주겠다며 일정을 잡아 달라고 했다. 중국 전통 의상(치파오)을 입고 8cm 힐을 신고 각 반을 다니며 중국 문화 수업을 하던 날, 반마다 따라다니며 '엄마, 엄마' 부르던 딸의 모습이 아직도 선하다.

마지막으로 딸아이의 반에 갔을 때 '너희 친구 지민이 엄마야'라는 말에 딸의 입꼬리가 거짓말 조금 보태 눈까지 올라가는 것을 보고 혼자 속으로 생각했다.

'됐어, 이 정도면 충분해.'

너네, 엄마 외국인이잖아!

"엄마, 학원에 ○○이가 나랑 다투다가 '너네, 엄마 외국인이잖아.' 하는 거야."

"그 친구는 어떻게 알았데?"

"몰라. 근데 엄마, 엄마가 ○○이랑 통화 한번 해 주면 안 돼?"

"왜 통화해야 해?"

"아니, 들어보게 하려고. 우리 엄마 외국인인데 한국 말 대따 잘한다고. 중국말도 잘하고 한국말도 잘한다고."

어느 날 걸려온 딸의 전화. 들어보니 학원 친구와 다툼이 있었는데 상황을 마무리하기 위해 상대방이 딸의 약점이라고 생각한 '외국인 엄마' 타이틀을 꺼낸 것이었다. 초등학생이 '외국인 엄마'라는 단어를 이런 식으로 활용한다는 것이 못내 안타까웠다. 한국으로 시집온 다문화가정의 여성 대부분은 한국보다 못사는 나라에서 왔다.

하지만 더 잘살기 위해 떠나온 그녀들을 기다리는 것은 편견과 차별 대우다. 나도 그중 한 명이다. 기억에 남는 태국인 친구가 있다. 딸이 열 살 무렵 둘째 아들을 출산해 키우던 중 남편이 불의의 사고로 사망했다. 혼자 두 아이를 키우며 살아가는 친구가 걱정이었는데 어느 날 전화가 왔다.

"서울에 있는 한국대사관에 가야 하는데 같이 갈 수 있어요?"

"길을 못 찾을 거 같아요?"

"아니요. 남편이랑 몇 번 가서 길은 알아요. 근데 혼자 가기가 무서워요."

공연단에서 함께 일할 때 무슨 일이 있으면 한국어가 능통한 내가 나서서 일을 처리해 주다 보니 자연스레 생각났던 모양이다. 혼자서 헤쳐 나가야 하는 태국인 친구의

막막함을 알기에 동행하기로 했다. 그러면서 한편으로는 이렇게 여린 마음으로 남편 없이 혼자서 아이 둘을 키우며 세상을 잘 헤쳐 나갈 수 있을지 걱정이 앞서기도 했다. 서울에 다녀오고 며칠 후, 친구가 고맙다며 나를 집으로 초대했다. 맛있는 것도 먹고 한참 재밌게 수다를 떨다가 친구가 에어컨 실외기를 가리키며 걱정 가득한 목소리로 말했다.

"윗집에서 화분을 밖으로 꺼내 놔서 흙이 계속 떨어져요."
"윗집에 얘기해 봤어요?"
"내가 외국인인 걸 알 텐데, 뭐라 하면 어떡해요."
"그럼 아파트 관리사무소에 전화해 봐요."
"거기서도 뭐라고 할까 봐 못하겠어요."
"아니요. 외국 사람이라는 이유만으로 뭐라 하지 않아요."
"그래도 못하겠어요."

그날 관리소에 전화한 사람은 나였다. 윗집에서는 화분에서 흙이 떨어지는 것을 몰랐다며 바로 치웠다. 상황을 설명하고 문제를 해결해 달라고 하면 되는데, 친구는 외국인이라는 이유만으로 두려워하고 있었다.

사실 외국인 엄마로 한국에서 사는 일은 결코 쉽지 않다. 그렇다고 손 놓고 그 불친절함을 당연하게 받아들이면 안 된다. 목소리를 내야 한다. 외면하고 숨는다고 문제가 해결되지 않는다.

무엇보다도 우리는 숨을 수도, 뒷걸음질할 수도 없다. 바로 뒤에 나를 하늘처럼 지탱하며 커 가는 아이들이 있기 때문이다. 한 사람이기 이전에 우리는 엄마다.

'외동이라서 그래'라는 말이 싫었다

"애 하나 더 낳아라."

"혼자는 외롭다."

"외동이면 버릇없고, 자기밖에 모른다."

시댁에 갈 때마다 듣던 잔소리다. 혼자라서 느끼는 외로움에 대해서는 딸에게 지금도 미안한 마음이 있다. 하지만 미안함과 별개로 '외동은 버릇없다', '자기밖에 모른다.'라는 말을 하도 들은 까닭일까. 유독 예의범절에 엄했다. 욕심을 부리거나 양보하지 않으면 크게 혼을 냈다. 이기적인 아이로 키우지 않겠다는 명목 하에 감정이 앞선 적도 많다.

딸은 지금 스물한 살이 되었다. 내 눈으로 보면 딸은 부족한 부분이 많다. 형제자매가 없다 보니 양보해야 하는 것, 배려해야 하는 것을 경험할 기회가 부족했다. 이기적으로 키우지 않으려고 노력했지만, 좋은 것이나 좋아하는 것은 딸에게 우선권을 줬다. 그러다 보니 딸이 이것을 당연히 여길 때가 많아 걱정이 앞서기도 한다.

"엄마, 민지가 나한테 정말 많이 양보하는 거 같아."

"왜 그런 생각이 들었어?"

"뭐 할 때마다 민지가 늘 양보해 줬거든. 내가 언니인데 지금 생각해 보니 미안하네."

"그러면 앞으로 지민이가 많이 양보해 주고 잘해 주면 되지 않을까?"

"응, 앞으로 잘해 주려고."

딸의 멋쩍은 웃음과 함께 대화가 마무리되었다. 민지는 딸보다 한 살 어린 친구다. 어릴 때부터 함께 자랐고 딸을 잘 따랐다. 관찰력이 좋고 세심하고 배려심이 깊은 아이다.

그런 동생을 바라보며 자신에게 배려가 부족했다는 생각이 든 모양이다. 이 대화가 있고 얼마 지나지 않아서다.

"엄마, 곧 민지 생일이야."
"축하해 주면 되겠네."
"응, 근데 돈이 없어. 돈 좀 줄 수 있어?"

재수 생활을 하는 딸은 경제적으로 궁핍한 상태였다. 자신에게 늘 양보해 주는 동생에게 선물을 해 주고 싶다는 딸의 마음을 외면할 수 없었다. 그러면서 한편으로 많이 컸다는 생각이 들었다. 혼자 커서 이기적인 면, 자기중심적인 면이 있긴 하지만 이제는 주변을 살피고 챙길 줄 안다는 생각에 안도감이 들었다.

딸에게는 좋은 습관이 하나 있다. 바로 '언어 습관'이다. 어릴 때 딸에게 해 준 이야기가 있다. 어떤 사람이 면접을 보러 갔는데 평소에 자주 사용하는 비속어가 무의식적으로 나와 결국 합격하지 못했다고. 언어도 습관이기 때문에 한 번 잘못 든 습관은 의지와 상관없이 나올 수 있으니 좋은 언어 습관을 가져야 한다고 자주 얘기해 주었다.

딸이 이 얘기를 진지하게 받아들인 것일까. 어려서부터 가르쳐 주지도 않았는데도 어른들에게 존댓말을 썼다. 요즘 친구들이 흔히 쓰는 '개 미쳤다', '개 웃겨', '개 어이 없어' 같은 비속어는 나와 남편 앞에서 사용하지 않는다.

어느 날 궁금해서 물었다. 친구들 앞에서도 비속어를 사용하지 않는지. 친구들과 있을 때는 비속어를 사용하지만 다른 사람에 비해 많이 사용하는 편은 아니라고 했다. 또한 평소 엄마가 줄임말을 싫어한다는 사실을 알기에 가능한 한 사용하지 않으려고 노력한다고 했다. 딸은 자신만의 배려로 주변을 살피고 있었다.

딸, 넘어져도 괜찮아!

"엄마, 나 다 떨어졌어."

지원한 대학에 떨어지고 마지막 대학의 합격 발표를 기다리던 딸의 세상 무너지는 듯 한 목소리가 들려왔다. 후보 1번에서 탈락했다. 4년제 대학에 갈 수 없게 되어 울상이 된 딸. 어떻게 반응해야 할지 몰라 멍하니 딸을 바라보는 나. 우리 사이에 정적이 흘렀다.

"엄마, 나 이제 어떡해?"
울먹이는 딸의 목소리에 정신이 들었다.
'진짜 어떡하면 좋지? 전문대라도 보내야 하나? 아니면 재수를 시켜야 하나?'

짧은 순간 오만 가지 생각이 머리를 스치고 지나갔다. 내 인생에 재수는 절대 없을 거라며 수능이 끝나는 날 모든 책을 버린 딸이다. 그런데 4년제 대학에 모두 떨어지고 나니 자신도 무엇을 어떻게 해야 할지 전혀 갈피를 잡지 못했다. 전문대밖에 선택지가 없는 상황에서 딸이 조심스레 재수하고 싶다는 생각을 내비쳤다. 솔직히 나 역시도 재수를 시켜야 할지 모른다는 생각을 하고 있었다.

"재수한다고 안 하던 공부를 열심히 할 수 있겠어?"

"정말 열심히 해서 내가 원하는 대학에 가고 싶어."

"하루 이틀도 아니고 1년이란 시간 동안 꾸준히 열심히 공부하기 쉽지 않을 거야."

"조금 걱정되기는 하는데, 이참에 제대로 공부해 보고 싶어."

19년 동안 키우면서 딸에게 수없이 많은 다짐을 받았다. 물론 그 다짐이 지켜지는 것은 손에 꼽을 정도로 적었기에 신뢰감이 떨어지는 것도 사실이다. 그렇다고 안 믿을 수도 없었다.

2023년, 불안한 마음을 뒤로한 채 딸의 재수 생활이 시작되었다. 나는 아침형 인간이 아니지만 새벽 5시 30분에 일어나 재수하는 딸을 위해 밥을 차렸다. 하지만 시간이 흐르면서 열정이 식은 것인지 체력이 부족한 것이지 기상 시간이 점점 늦어졌고, 결국 밥을 먹지 못하고 학원에 가는 날이 많아졌다. 속에서 부글부글 화가 치밀어 오르는 날도 있었지만 갈수록 예민해지는 딸의 심기를 건드리지 않기 위해 매일 살얼음판을 걷는 기분으로 하루하루를 버티고 있었다. 그러다가 결국 충돌하고 말았다.

"엄마 아빠는 나를 사랑하지 않는 거 같아. 나한테 왜 이렇게 무심해. 나 너무 우울해. 심리상담 이라도 받고 싶을 지경이야."

새벽부터 밤늦게까지 공부하는 과정에서 체력의 한계에 부딪혔고, 다가오는 수능 압박으로 불안감이 최고조로 높아졌다. 그런 딸에게는 화풀이 대상이 필요했다.

완벽한 부모는 없고 나 역시 실수하고 방황하는 엄마였다.

그런 나의 모습을 콕콕 집어 쏟아 내는 딸의 감정을 받아 내기 버거웠다. 하지만 지쳐 무너진 딸을 일으켜 세우는 것이 우선이었기에 내 감정을 앞세울 수 없었다. 그저 들 어주고 할 수 있는 데까지 해 보자며 다독여 주었다. 숨이 넘어가도록 꺼이꺼이 울며 마음속 답답함을 풀어낸 딸은 조금씩 감정을 추스르더니 말했다.

"나 요즘 자존감도 너무 떨어지고 부정적이고 예민해."
"수능일이 다가오니까 많이 불안해?"
"응. 재수를 선택한 것이 옳은 선택인지 모르겠어. 너 무 힘들어."

잘하고 싶은 욕심은 있지만 몸과 마음이 생각처럼 따라 주지 않으니 초조해졌고, 그 와중에 공부는 생각처럼 되 지 않으니 초조함이 불안함으로 바뀌는 건 시간문제였다. 그렇게 방황하고 불안해하며 일 년을 보냈다.

하지만 그 과정에서 목표를 위해 열심히 노력해 보는 경험을 했고, 힘들더라도 중간에 포기하지 않고 긴 호흡으로 한 가지에 집중해 보는 태도를 배웠다. 넘어지더라도 그 자리에 주저앉아 상황이 지나가기만을 기다리는 것이 아니라 조금씩 전진하다 보면 이겨 낼 수 있다는 것도 알았을 것이다.

지금은 웃으며 그때 일을 얘기하곤 한다. 비 온 뒤에 땅이 더 단단해진다고 했던가. 딸이 힘든 만큼 그 이상의 값진 것을 얻었으리라 굳게 믿는다. 한 뼘 성장한 딸을 발견했기 때문이다.

사람은 고쳐 쓰는 게 아니라고 하지만

"다녀와요, 사랑해."

"갔다 올게, 사랑해."

"오늘도 파이팅! 사랑해."

"공주, 파이팅! 사랑해."

출근 전이나 등교 전에 우리 가족이 서로에게 해 주는 말이다. 쑥스러워서 '사랑해'라는 말이 입에서 잘 나오지 않는 딸은 '응'이라는 한 글자로 답을 대신한다. 지난 2023년은 결혼 20주년이었다. 딸은 성인이 되었고, 남편과 나는 인생에서 20년을 함께했다. 우리 결혼 생활에도 변화가 필요했다. 그래서 노력이라는 것을 게을리 하지 않기로 했다.

다른 나라, 다른 문화에서 살아온 우리는 같은 지붕 아래 한 가족으로 살기 위해 넘어야 할 산이 많았다. 남편과 나는 성향이 달랐고, 가치관도 달랐다. 결혼 4개월 만에 임신했고, 서로를 이해하기도 전에 육아라는 큰 전쟁에 맞서야 했다. 솔직히 임신 기간 동안 얼마나 열심히 싸웠는지 모른다.

"나 중국으로 돌아갈래요."

"왜 또 그래."

"한국에서는 못 살겠어요. 비행기 표 사 줘요."

눈물, 콧물 흘리며 중국으로 보내 달라고 수십 번을 반복했다. 그러는 사이 엄마가 되었다. 하나부터 열까지 제대로 할 수 있는 것이 없었고, 딸은 밤낮 가리지 않고 울었다. 등 뒤에 감지기라도 달렸는지 침대에 눕히면 울었다. 요령이 없다 보니 온종일 안고 있느라 팔에 감각이 없어질 지경이었다. 그런데 술이 좋고 사람이 좋은 남편은 하루가 멀다고 술자리를 가졌다. 남편에 대한 부정적인 감정이 차곡차곡 쌓이는 것을 남편만 몰랐다.

노력하지 않은 건 아니다. 싸운 후 문제를 해결하기 위해 자주 동원되었던 것은 '술'이다. 술이 들어간 뇌는 이성보다 감성이 앞섰고, 잠시 모든 문제가 해결되는 것처럼 보였지만 달라지는 것은 없었다. 알코올이 빠져나간 남편의 뇌는 다른 말과 행동을 보였다. 반복되는 악순환을 끊어 내야 했다.

"오늘은 얘기 좀 하게 술 마시지 말고 일찍 와요."
"무슨 얘기?"
"저녁에 얘기해요."

식탁에 마주 앉았지만 혼자 벽 보고 얘기하는 기분이었다. 대화라고 할 수 없는 독백에 가까운 말들을 내뱉는 나와 달리 술을 마시지 않은 남편은 입에 자물쇠라도 채운 듯 아무 대꾸도 하지 않았다. 결국 내가 원하는 답이 나오지 않았고 대화는 흐지부지되었다.

내가 원하는 것은 간단했다. 단지 육아를 도와주고, 가사를 분담하며, 술 마시는 횟수를 줄이길 바랄 뿐이었다.

하지만 남편은 바뀌지 않았다. 결국 내가 포기하든 인정하든 둘 중 하나를 택해야 했다. 남편의 생활을 인정할 수 없었던 나는 포기하기로 마음먹었다. 쌓인 불만은 해소되지 않은 채 이자가 붙어 더는 어떠한 노력도 하지 않게 되었다. 살갑게 눈을 마주 보며 대화했던 게 언제인지, 꼭 필요한 말이 아니면 굳이 말하지 않았다. 부부라는 무늬 안에서 우리는 각자의 영역에 침범하거나 침범당하지 않으려고 더 많이 노력했다.

그러던 어느 날이었다.

"엄마, 우리 가족은 개인플레이가 너무 강한 거 같아. 다른 집 엄마 아빠도 다 우리 집처럼 사는 줄 알았는데 아니었어. 우리 집이 이상한 거였어. 우리 집은 따뜻하지가 않아."

딸의 말에 망치로 머리를 한 대 맞은 기분이었다. 딸을 위해 이혼하지 않으려 다짐했던 나였다. 한 부모 가정보다 안정감을 주고 행복감을 줄 수 있을 거라고 생각했기 때문이다. 그러나 내가 놓친 것이 있었다. 딸의 겉모습이 괜찮다고 마음까지 괜찮을 거라고 착각한 것이다. 엄마와 아빠의 냉랭함, 차가움, 친밀하지 않은 모습을 모조리 느끼고 있었던 것이다. 나의 고민을 들은 한 친구가 이렇게 얘기해 줬다.

"나를 위해 노력한다고 생각해 보세요. 그 누구도 아닌 나 자신을 위해서 말이에요. 그러면 조금씩 주변이 달라지는 게 느껴질 거예요."

'어쩌면 지금이 우리 결혼 생활의 변환점이 아닐까?'

변화가 필요한 시점이었다. 그때부터 아침에 집을 나설 때 '사랑해'라고 말하는 것으로 관계를 개선해 보기 시작했다. 쉰두 살 남편과 스무 살 재수생은 '이게 뭐지?'라는 표정이었다.

"싫으면 안 해도 돼."
"근데 해 보면 정말 좋을 거 같아."

아무렇지 않게 안 해도 된다고 말했지만 '누구 하나 싫다고 하면 어떡하지?'라는 걱정이 든 것도 사실이다. 그러나 걱정이 무색할 만큼 우리 가족은 모두 한 마음으로 찬성했다.

물론 과정이 순탄하지만은 않았다. 어색해서 눈도 못 마주치던 남편과 쑥스러워서 '응'이라는 대답조차 어색하게 던지는 딸. '사랑해'라는 말에 '응, 갔다 올게' 대답하는 남편은 이른 아침부터 몇 번의 정신교육을 받아야 했다. 감사하게도 어색한 시간이 지나자 우리의 아침에 조금씩 웃음소리가 나기 시작했다.

겨울철 찬바람처럼 쌩쌩 불던 찬 기운이 살랑살랑 불어오는 봄기운에 서서히 따스해졌다. 가끔 '사람은 고쳐 쓰는 거 아니야.'라는 말이 머릿속에 떠오르기도 한다. 하지만 이내 세상에 완벽한 사람은 없고, 나 또한 단점투성이라는 생각이 들면서 남편을 이해하게 된다.

이제는 재수를 끝낸 딸이 '사랑해'라는 말에 '응'이란 대답 대신 '사랑해'라고 대답해 준다. 아침에 현관을 나서며 남편이 한마디 툭 던진다.

"사랑해라고 말해 주면 뭐해. 얼굴을 보지 못하는데…."

늦잠 자는 딸의 '사랑해'를 듣지 못한 남편의 귀여운 투정이다. 딸에게 그 얘기를 전하니 한바탕 크게 웃는다. 오늘도 '사랑해'라는 한마디 덕분에 우리는 웃는다. 우리의 아침은 맑음으로 시작한다.

Part 3

무너져도 다시, 쓰러져도 다시

왜 그렇게 나를 힘들게 했을까?

한국 생활 10년 차쯤 되었을 때 다문화가족지원센터 소속의 공연단에서 일하게 되었다. 공연단의 행정업무 및 매니저 역할을 했다. 매년 5월, 대구에서 '파워풀대구페스티벌'이 열리는데, 우리 팀은 다문화라는 색깔을 가지고 축제에 참석하기로 했다. 다양성을 어떻게 표현하면 좋을지 고민하다가 나라별 전통 의상을 입고 행진하는 것으로 의견이 모아졌다. 남은 것은 전통 의상 100벌을 구하는 일이었다. 하지만 어느 업체도 100벌 이상의 전통 의상을 보유한 곳이 없어 결국 세 군데에서 옷을 대여했다.

나라별 전통 의상은 화려한 만큼 장신구도 많았다. 적게는 네다섯 가지, 열 가지가 넘는 것도 허다했다. 의상

문제는 해결했고 입을 사람도 정해졌지만, 축제를 준비하면서 온통 어떻게 하면 옷 100벌이 서로 섞이지 않고 각자의 집으로 잘 돌아가게 할 수 있을까 그 생각뿐이었다.

그러다가 좋은 아이디어가 떠올랐다. 대여한 옷을 한 세트씩 꺼내어 장신구를 확인하고 들어가는 모든 품목을 라벨에 출력해 커다란 지퍼백에 붙이기로 했다. 그리고 번호를 매겼다. 1~30번은 A업체, 31~60번은 B업체, 61~100번은 C업체로 구분했다. 준비는 끝났다.

"학생 여러분! 잠깐 주목해 주세요!"

"소품을 잃어버리거나 서로 옷을 바꿔 입으면 절대 안 돼요!"

"지퍼백에도 본인이 입은 전통 의상만 다시 넣어서 반납해야 해요!"

"다시 한 번 부탁할게요. 소품을….."

말 그대로 핏대를 세워 가며 똑같은 말을 몇 번이나 반복하며 신신당부했다.

준비를 철저하게 한 덕분인지 퍼레이드는 성공적이었다. 행사 후에는 의상을 반납하는 학생들에게 일일이 가져갔던 그대로 넣었냐며 확인하고 또 확인했다. 퍼레이드가 끝나고 공연단이 무대에 오르는 순서에서는 화장도 체크해 주고 의상도 체크해 주었다. 무대에 오른 단원들을 뒤로한 채 도와주는 이 하나 없이 혼자서 의상 100벌을 정리하고 있는데 힘든 것보다 해냈다는 뿌듯함이 온몸을 감쌌다. 고되지만 보람찬 하루였다. 그리고 다음 날 기쁜 마음으로 출근했다.

"바지 하나가 저희 것이 아니네요?"

"네? 바지가 바뀌었나요?"

"다른 업체 옷이 왔네요. 뒤바뀐 거 같아요."

그제야 학생 한 명이 바지가 길다며 다른 학생과 의상을 바꿔 입겠다고 얘기한 것이 기억났다. 나중에 옷을 반납할 때 서로 바꿔 넣어야 한다고 얘기했지만 두 친구도 놓치고 나도 놓친 것이다.

다행히 모두 서울에 있는 업체라 잘못 받은 옷을 퀵으로 주고받는 것으로 문제는 쉽게 해결됐다. 하지만 나는 그걸로 끝나지 않았다.

완벽하게 해내지 못했다는 사실, 실수를 허용했다는 사실이 나를 우울하게 했다. 눈물이 났다. 그동안의 고생이 실수 하나로 모두 헛수고가 된 것만 같았다. 제대로 해내지 못했다는 생각으로 매일 자책하며 힘들어했다. 그때 나의 모습을 안타깝게 본 센터의 상담 선생님이 퇴근길에 말을 건네 왔다.

"태영 씨, 왜 그렇게 자신을 괴롭히세요?"

"제가 다 망쳤어요."

"아니에요. 태영 씨 너무 잘했어요. 작은 실수 하나 때문에 스스로 너무 괴롭히지 마세요."

"결국 실수했잖아요."

"누구나 실수해요. 해결할 수 있는 문제는 문제가 아니에요. 그러니까 자신에게 조금만 관대해져 보세요."

선생님은 단호하면서도 따뜻하게 말했지만, 그때는 선생님의 말이 귀에 들어오지 않았다. 다른 사람이 나를 바라보는 시선이 중요했고, 다른 사람이 나를 실패자로 여기는 것 같아 속상할 뿐이었다.

오늘의 내가 내일의 나를 만든다

열여섯 살이 되었을 때 한국 패션기업에서 일을 시작했다. 중국에서도 제품을 생산하지만 고급 제품은 한국에서 건너왔다. 나는 한국어를 할 수 있다는 이유로 한국에서 건너온 옷들을 받아 분류해 각 매장으로 보내는 일을 했다. 조선족은 나보다 네 살 많은 C언니와 둘뿐이었다. 그러던 중 나보다 늦게 들어온 C언니가 사무실로 올라갔다. 이해되지 않는 상황에서 패기 넘쳤던 10대의 나는 상사에게 따져 물었다.

"입사도 제가 먼저 했고 업무도 더 익숙한데 왜 언니가 사무실로 올라가요?"

"그게, 미안한데. C는 고등학교를 나왔어."

아무 말도 할 수 없었다. 1990년대 초 중국에는 고등학교를 졸업한 사람보다 중학교 졸업 후 일을 시작한 10대가 많았다. 공장의 대부분 사람이 중학교만 졸업한 사람이었고, 나도 그중 하나였다. 그때 처음으로 공부를 다시 하고 싶다는 생각이 들었다. 야간학교를 알아보았지만, 한국처럼 검정고시 제도가 잘 마련되어 있지 않아 포기할 수밖에 없었다. 그때부터 공부는 내 마음속의 아쉬움으로 남았다.

한국 생활 5년 차가 됐을 때 시부모님이 함께 살면서 아이를 돌봐 주게 되어 일자리를 찾아보았다. 사무실에 앉아서 근무하는 것은 엄두도 내지 못했다. 구인 광고를 찾아보니 사이드미러를 조립하는 회사에서 직원을 구하고 있기에 이력서를 제출했다. 면접 통보를 받고 조금 일찍 도착해서 기다리고 있는데, 한 사람이 다가와 물었다.

"혹시 경리 면접 보러 오셨어요?"

"아니요. 현장 조립원으로 왔어요."

"젊어서 경리 면접 보러 온 줄 알았어요."

"네…."

순간 몸이 얼어붙는 느낌이었다. 공부를 많이 하지 못해 느꼈던 한이 다시 느껴졌다. 그러면서 한국으로 넘어오기 전 남편과 주고받았던 말이 떠올랐다.

"한국 가면 뭐 하고 싶어요?"

"한국 가면 공부를 다시 하고 싶어요."

그렇게 당차게 얘기하던 모습은 온데간데없이 한국 생활에 적응하고, 아이 키우고, 한 남자의 아내로 사느라 공부하겠다던 다짐은 흐지부지된 상태였다. 그런데 '경리 면접 보러 왔어요?'라는 짧은 한마디가 내 속에 숨어 있던 공부에 대한 갈증을 일깨워 주었다.

나는 공부를 시작했다. 처음부터 새롭게 시작한다는 마음으로 초·중·고 검정고시에 합격했다. 고등학교 공부를 마쳤다는 생각에 한이 어느 정도 풀린 듯했다. 그러나 여기서 끝내고 싶지 않았다. 이왕 시작한 공부, 대학 생활을 해 보고 싶었다.

아이가 어렸고, 일반 대학에 다니기에는 금전적으로 환경적으로 무리가 있었다. 그래서 선택한 것이 한국방송통신대학교였다. 잘하는 중국어를 살리면 좋을 것 같아 중어중문학과에 진학했고 한껏 자신감이 차올랐다.

오리엔테이션이 있다는 통보를 받고 설레는 마음으로 학교에 갔다. 환영해 주는 선배들의 웃는 얼굴에 기분이 좋아졌다. 같은 학번인데 나이가 다른 학우도 만났고, 중국 사람도 여럿 만났다. 그렇게 대학 생활이 마냥 재밌을 줄만 알았는데 그때는 몰랐다. 인생에는 항상 변수가 있다는 것을.

한국방송통신대학교는 일반 대학과 달리 한 학기 중 실제로 출석하는 수업은 며칠이 전부다. 대부분은 인터넷으로 강의를 듣고 과제를 제출하는 형식이다.

리포터를 제출해야 하는 과제에서 발목이 잡히고 말았다. 글이라고는 써 보지 않았던 내가 서술형으로 A4용지 몇 장을 작성하는 것은 무리였다. 밤잠을 설치며 고민하던 나를 도와준 동갑내기 K 덕분에 큰 걱정거리인 과제가 해결되었고 무사히 대학을 졸업할 수 있었다. 나에게 한국방송통신대학교 졸업장은 단순한 졸업장이 아니다. 나에 대한 확신 그리고 '하면 된다'는 자신감의 상징이었다. 이제 무엇이든 할 수 있을 것 같았다.

성취감은 작은 것에서부터

"일 년에 책 200권을 읽었어요."

"250권을 읽었어요."

"하루에 책 한 권씩 읽었어요."

미디어에서 사람들이 일 년 동안 이룬 것을 보며 새해 목표를 책 150권 읽기로 정했다. 나름 '계산적인' 목표였다. 하루에 한 권씩 읽는 사람도 있는데 일주일에 평균 세 권은 읽을 수 있겠지 생각했는데 크나큰 착각이었다.

패기 넘치는 도전은 한 달, 두 달, 석 달이 지나면서 시들해졌고, 읽지 못한 책 앞에 마음이 급해졌다. 서둘러 계획을 수정했다. '지금부터 일주일에 네 권을 읽으면 돼. 괜찮아, 할 수 있어'.

그러나 평소에 책을 많이 읽지 않던 내게 일주일에 서너 권을 읽는 것은 무리한 목표였다. 6개월이 지나자 150권을 읽기 위해서는 하루에 책을 한 권씩 읽어야 했다. 심리적인 부담감이 커졌고, 결국 압박을 이겨 내지 못한 나는 포기를 선언했다.

'그럼, 그렇지.'
'이럴 줄 알았어.'
'내가 하는 일이 다 그렇지 뭐.'

여러 번 계획과 목표를 수정하며 해내려 했지만 결과적으로 포기했다는 좌절감에 나 자신이 한스럽게 느껴졌다. 무엇 하나 제대로 하지 못한다는 생각이 자책을 넘어 비난으로 이어졌다. '역시 나는 안 돼', '나는 할 수 없어' 등의 생각을 하지 않으려고 노력했지만, 시간이 흐를수록 자신감이 줄어들었다.

나아지는 것은 아무것도 없었다. 한동안 아무것도 하지 않은 채 TV 화면에 의지하며 살았다.

TV는 나의 도피처였다. 무의미하게 채널을 돌리다가 '이러면 안 되는데, 뭐라도 해야 하는데'라는 생각이 다시 나를 괴롭히기 시작하면 또 다시 '도전'이라는 것을 했다.

자격증 공부를 하겠다며 패기 넘치게 덤볐다가 낭패 보고, 아침형 인간이 되겠다며 새벽 5시에 일어나 꾸벅꾸벅 졸다가 다시 침대로 복귀하기를 반복했다. 그러다가 결국 또 포기했다. 포기는 배추 셀 때 사용하는 거라지만 나는 '포기'를 인생의 많은 도전에 사용했다.그러던 어느 날, 문득 이런 생각이 들었다.

'내 욕심이 과한 건 아니었을까.'
'애초에 목표를 너무 높게 설정했던 게 아닐까.'
평지를 30분만 걸어도 숨이 차는 체력으로 산을 정복하겠다고 덤비는 것은 아닌지 의문이 들었다. 그러면서 깨달았다.

'욕심이 지나쳤구나.'
'1년에 책 10권을 목표로 설정하고 그것을 해냈을 때의

성취감을 무시했구나.'

'하루에 세 시간 공부가 아닌, 강의 하나만 공부하는 것의 중요성을 무시했구나.'

'새벽 5시에 일어나는 것보다 평소보다 1시간 일찍 일어났을 때 받는 만족감을 무시했구나.'

'큰 것에만 집중하다 보니 작은 보람을 무시했구나.'

그때부터 조금씩 목표를 수정했다. 다른 사람의 발걸음에 맞춰 목표를 설정하는 대신 나의 걸음으로 하나씩 이루어 내기로 마음먹었다.

일 년에 150권이 아니라 한 달에 책 한 권 읽기.

매일 인강 하나씩 듣기.

평소보다 1시간 일찍 일어나기.

작은 성과들이 모이면서 조급함이 조금씩 사라졌고, 더 이상 스스로 비난하지 않게 되었다. 목표를 조금 수정한다고 해서 내 인생에 문제가 생기는 것은 아니었다.

목표가 조금 뒤틀어진다고 내 인생이 망가지는 것도 아니었다.

포기하지 않으면 달라져 있어요

"태영 씨, 15분 정도 자신의 이야기를 하는 프로그램을 진행하는데 한번 해 볼래요?"

"제가요? 저 못 해요. 사람들 앞에서 발표한다니 말도 안 돼요."

"그냥 지금까지 살아온 경험을 이야기하면 됩니다. 남들과 다른 경험을 하며 살아왔잖아요."

"그래도 저 못 할 거 같아요."

"일단 시간이 있으니까, 좀 더 고민해 보고 결정해요."

30대 초반, 무엇을 시작하기에 늦었다는 생각에 주어진 것에도 뒷걸음질하고 있을 때 사람들 앞에서 이야기할 기회가 생겼다. 두 개의 마음이 싸우고 있었다. 하고 싶다는 마음과 두려운 마음. 이 둘은 한 치의 양보도 없이 싸우는 것 같았지만, 사실은 두려움이 이기고 있었다. 복잡해지는 마음을 가라앉히려고 책을 잡았다. 한 문장이 그대로 달려와 내 마음에 꽂혔다.

'용기'란 겁이 나지 않는 것이 아니라 겁이 나는 데도 하는 것이다.

나에게는 두려움을 넘어설 용기가 필요했는데, 이 글이 용기를 심어 주기에 충분했다. 15분가량의 원고를 쉼표 하나 틀리지 않고 달달 외웠다. 마침내 10명 남짓한 사람 앞에 섰다. 하지만 무대에 올라가는 순간부터 두 다리에 힘이 풀려 사시나무 떨듯이 떨기 시작했다. 심호흡을 한 번 하고 외워 온 원고를 읊었다.

그런데 이게 무슨 일인가. 이제는 입 꼬리마저 떨렸다. 떨리는 입 꼬리로 부자연스러운 미소를 짓고 있는 나의 표정이 참 기괴해 보였을 것 같다. 원고지를 두 손에 꼭 움켜쥔 채 마치 생명줄이라도 되는 듯 의지하며 떨리는 목소리를 최대한 감추려 했다. 그러나 내 생각대로 되는 건 아무것도 없었고, 여유롭게 나의 이야기를 전달하고 싶었지만 나의 긴장감만 한껏 전달하고 말았다.

그날 이후 두 번 다시 사람들 앞에 서는 일은 없을 거라고 생각했지만 인생은 참 재미있다. 휴먼리더십 코스를 만나 그 후 몇 년간 강사로 활동했으니 말이다.

"오늘 수료식이 있는데 함께 갈래요?"

리더십 교육을 함께 받자는 지인의 권유를 거절했다. 앞선 경험에서의 그 떨림을 알기에 용기가 나지 않았다. 그러자 지인은 수료식에 나를 초대했다.

수료식을 보자 냉정한 머리가 뜨거운 가슴을 이기지 못했다. 적어도 그 순간에는 두려움이 없었다. 그리고 첫 수업 때 곧바로 나는 후회했다. 사람들 앞에 서자 두 다리에서 전해오는 익숙한 떨림과 입 꼬리의 떨림은 하나도 변한 것이 없었다. 매주 발표해야 하는 수업에서 도망치고 싶었다. '나는 누구, 여긴 어디'라는 생각이 매주 반복되었다. 긴장감으로 온몸에서 느껴지는 진동이 조금씩 줄어들 때쯤 수업이 끝났고, 아이러니하게도 나는 강사로 발탁되었다.

강사 제의가 들어왔을 때 고민이 많았다. 다른 강사들처럼 멋진 모습으로 강의할 수 있을까. 아무리 생각해도 자신이 없었다. 그러나 한편으로는 수강생일 때 배워 보지 못한 것을 배울 수 있을 것 같아 거절하기 싫은 마음도 있었다. 며칠을 고민하다가 강사 제의를 받아들였다.

강사로서의 첫걸음은 비장하고, 경직되고, 진지했다. 모든 것이 과했다. 긴장감은 극도에 달했고 나는 한마디도 못 한 채 무대에서 내려와야 했다. 화끈거리는 얼굴을 들 수가 없었다. 쥐구멍이라도 있으면 들어가고 싶었다.

그러나 이대로 포기하자니 자존심이 허락하지 않았다. 오기가 생겼다. 일주일 내내 강의 분량을 준비했다. 운전하면서 중얼거렸고, 밥을 하면서도 중얼거렸다. 전달력을 높이기 위해 억양에 높낮이를 주며 연습했다. 전신거울을

보며 표정도 연습하고 자연스럽게 움직이기 위해 동선을
따서 하나하나 몸에 익혔다.

　꿋꿋이 버티다 보니 말투가 부드러워졌고 입 꼬리의 떨
림도 줄어들었다. 불규칙하게 뛰던 심장은 일정하게 뛰었
고, 사시나무처럼 떨리던 다리도 굳건히 지면을 지탱했
다. 포기하지 않으니 나는 달라져 있었다.

누구에게나 초보 시절이 있다

서른아홉 살, 4년 동안 다니던 회사를 그만뒀다. 나이도 많고 스펙도 없는 내가 할 수 있는 일은 무엇일까. 불안함이 엄습해 왔다. 내가 좋아하는 것은 무엇이고, 내가 잘할 수 있는 것은 무엇인지 퇴사 후 고민이 많았다. 전부터 아파트관리소 경리에 대해 궁금증이 있었던 터라 구인구직 사이트에 들어가 일자리를 찾아봤는데, 일자리가 거의 희박했다. 다른 방법이 없는지 찾아보던 중 아파트경리학원이 있다는 것을 알았다.

한 치의 망설임 없이 학원에 등록했다. 그러면서 알게 되었다. 일반 구인구직 사이트에는 아파트관리소 관련 일자리가 올라오지 않는다는 것을. 주택관리사협회가 있는데 그 사이트에 모든 일자리가 올라왔다. 안심하고 아파트 경리 양성과정에 집중했다.

　회계의 기본인 차변/대변도 모르는 상태로 시작했지만, 계정 과목을 하나씩 익히며 관련 공부를 하고 수료했다. 그렇게 학원생에서 수료생이 되었고, 남은 것은 취업이 었다.

　"태영 씨, 600세대쯤 되는 아파트고 집도 가까우니까 여기 이력서 넣어 봐요."

　"집이 가깝네요. 감사합니다."

　"내가 아는 소장인데, 사람도 좋고 초보자라도 괜찮다고 하네."

　"네, 열심히 하겠습니다."

　학원 원장님의 추천에 한껏 부푼 마음으로 이력서를 준비했다. 그러나 해당 아파트의 입주자대표회장이 초보는 채용하지 않겠다고 했다. 미안해진 원장님이 경리를 보조하는 서무 자리를 추천해 주었다. 경리로 취업하고 싶었지만 초보자라는 이유로 퇴짜를 맞다 보니 우선 아파트관리소에서 일해 보자는 마음으로 면접을 준비했다. 그러나 나이가 많다는 이유로 또다시 퇴짜를 맞았다. 나이가 많은 초보자는 어디에서도 원하지 않았다. 기회의 문은 좁았고 초보자로서의 서러움이 시작되었다.

꽃피는 4월, 얼었던 땅이 녹고 새싹들이 앞 다투어 올라오고 있을 때 내 마음은 찬바람이 쌩쌩 부는 한겨울의 동파를 겪어야 했다. 불안과 초조함이 이루 말할 수 없었다. 회사를 그만둔 것에 대한 후회마저 들었다. 온 세상이 따뜻해지는 5월, 나에게도 따뜻한 봄바람이 불어오길 바라는 마음으로 협회에 올라오는 경리 자리에 무조건 이력서를 넣었다. 하지만 모든 이 메일을 잘못 보내기라고 한 것처럼 아무런 대답이 없었다. 다른 일을 찾아봐야 하나 싶은 불안이 최고조에 달할 때쯤 면접을 보자는 연락이 왔다.

현풍에 있는 테크노폴리스. 우리 집에서 차로 1시간 거리에 있는 곳이었다. 출퇴근 시간이면 왕복 2시간이 훌쩍 넘었지만 거리는 중요하지 않았다. 초보자에 대한 신뢰가 없으니 나의 태도를 보고 싶었던 걸까. 소장님은 한 시간 동안 면접을 봤다.

"아파트 단지가 작은 편이 아니라서 초보자가 하기에 힘들 수도 있는데, 할 수 있겠어요?"

"주어진 일에는 최선을 다하는 성격입니다. 믿고 맡겨 주신다면 실망시키지 않을 자신 있습니다."

"일하다가 막히는 것 있으면 물어볼 곳은 있어요?"

"네. 학원에서 맺어 준 멘토와 연락하고 있습니다. 회계 파트를 잘 아시는 분이라 도움을 받을 수 있습니다."

"출퇴근 거리가 너무 먼데, 안 힘들겠어요?"

"거리 때문에 그만두는 일은 없을 겁니다."

나는 간절했기 때문에 당당하고 자신감 넘치는 모습을 보여야 했다. 거리가 멀어도 월급이 적어도 중요하지 않았다. 초보 딱지를 뗄 수 있는 일자리가 나에게 더 중요했다. 그렇게 나는 730세대 아파트의 경리가 되었다.

친절, 별거 아닌 거 같지만

"아무리 찾아도 어디서 틀렸는지 모르겠어요."

"뭘 건드린 거야?"

"절차대로 넣었는데 맞지 않아요."

"이거 잘못 넣었잖아. 이거 빼고 다시 넣어 봐."

"네, 이제 이해했습니다. 정말 감사합니다."

"뚜뚜뚜….."

얼굴도 본 적 없는 사람이 내가 묻는 것에 한숨을 푹푹 쉬며 반말로 대답하는 태도에 자존심이 무척 상했다. 화가 머리끝까지 차올랐지만 모든 감정을 숨긴 채 내가 이해될 때까지 묻고 또 물었다. 통화 내내 나를 무시하던 말투, 그러다가 아무 대꾸 없이 전화를 끊어 버린 상대방의 무례한 태도에 눈물이 왈칵 쏟아졌다. 아마도 기본적인 것도 모르는 나에게 답답함을 느꼈으리라. 그러나 누구에게나 '처음'이 있다.

헬스트레이너와 초심에 관해 얘기한 적이 있다. 운동을 몇 년간 가르치다 보니 본인에게는 기본적인 것이 운동을 처음 시작하는 사람에게는 어려울 수 있다는 것을 생각하지 못했다고 한다. 자신이 초보 트레이너일 때는 초보자의 마음을 잘 이해했는데 어느 순간 '이 동작은 기본인데'라는 생각으로 놓치게 된다고 했다. 초심을 잃지 않아야 다른 사람의 처음이 이해된다. 그래야 친절하고 겸손해질 수 있다.

친절, 별거 아닌 것 같지만 설명을 들어도 이해되지 않아 답답함을 느끼는 사람에게는 따스하게 내리쬐는 햇살이 되고, 숨통을 틔게 하는 산소가 된다. 누군가에게 필요한 지식을 가지고 있는 내가 그것을 나눠야 한다면 친절을 배경 삼아 나누고 싶다. 나를 무시했던 그 사람은 분명 도움을 줬지만 감사함보다 불쾌한 감정을 느끼게 했으니 '도와주고 좋은 소리 못 듣는다'라는 말의 표본이 된 셈이다.

모르는 것은 부끄러운 일이 아니다. 그러나 종종 상대방의 태도 때문에 그것이 부끄러운 일처럼 느껴지는 상황이 생긴다. 답답할 수 있다. 그렇다고 무시해서는 안 된다.

우리는 모두 올챙이 시절이 있다. 그러나 종종 올챙이 시절 없이 바로 개구리가 된 줄 아는 사람을 만나게 된다. 상대방을 하찮게 대하는 말투와 태도를 보며 나는 저러지 말아야지 다짐하고 또 다짐한다. 이제는 한 분야에서 올챙이 시절을 벗어난 나에게 질문하는 사람들이 있다. 그럴 때면 초보자였을 때 내가 직면했던 막막한 심정을 떠올려 본다. '나의 처음'을 떠올리면 '그 사람의 처음'이 다르게 보인다.

쓸모없는 경험은 없다

"선생님, 그 부분은 세대에서 해야 할 거 같아요."

"이런 것도 안 해 주면 관리소에서는 앉아서 놀며 돈 받아 가요?"

"관리소는 아파트 공용 부분을 관리합니다. 세대에 도움을 드릴 수 있는 부분이 있으면 도와드리지만 무조건 해 줘야 하는 건 아닙니다."

"그래서 해 준다는 거예요? 안 해 준다는 거예요?"

"우선 올라가서 확인해 보고 도와드릴 수 있으면 도와드릴 건데요. 아니면 업체를 부르셔야 합니다."

쏘아대는 상대방 말투에도 침착함을 잃지 않고 차분하게 대응하는 나를 보며 경비반장님이 물었다.

"경리주임님, 아파트 업무가 처음 아니죠?"

민원에 대처하는 모습이 초보처럼 보이지 않는다고 했다. 그 얘기를 들으면서 생각했다. 수많은 경험이 지금 빛을 발하고 있다고.

리더십 강사로 활동하며 경청을 배웠다. 세 시간 수업 중 내가 앞에 서서 전달하는 분량은 10~20분이 전부고 나머지 시간에는 수강생들의 발표를 들어야 했다. 온라인 쇼핑몰 제품 상담을 하며 고객의 요구사항을 더 빠르게 이해하고 전달하는 방법을 터득했다.

제품 상담을 하며 느낀 것은 우리가 흔히 진상이라고 생각하는 사람들의 공통점은 목소리가 크고 말이 빠르다는 것이다. 이런 것은 결코 문제 해결에 도움이 되지 않는다는 것을 몸소 느꼈다. 상대방의 목소리가 커질수록 오히려 내 목소리를 낮춰 차분하게 얘기했다. 그러면 자연스럽게 상대방도 차분해졌다.

리더십 강사를 하면서 배운 경청과 온라인쇼핑몰에서 고객 상담을 했던 두 가지 경험이 아파트 업무를 하는 데 큰 도움이 되고 있다. '과거로부터 배운다'라는 말은 정확했다.

아파트 근무 3년 차, 많은 사람을 만난 만큼 다양한 일이 있었다. 연체 이자를 내지 않겠다며 나를 달달 볶던 입주민, 하는 말에만 대답하라고 강요하는 입주민, 관리비 미납이 많아 연락했더니 받자마자 화를 내는 입주민, 다짜고짜 소리부터 지르는 입주민. 이런 상황에서는 감정적으로 휘둘리지 않고 나의 기준을 정확하고 부드럽게 표현하려고 노력한다.

동시에 상냥하게 전화 걸어 도움을 요청하는 입주민, 친절하게 설명을 잘해 줘서 감사하다며 한 번 더 인사를 건네는 입주민, 도움 잘 받았다며 먹을 것을 가져다주는 입주민, 단지 내에서 마주치며 웃으며 인사해 주는 입주민에게는 친절이라는 덕목도 함께 배우고 있다.

3년 차 아파트 경리, 문제를 하나씩 해결해 가며 쌓이는 경험만큼 자신감도 쌓이는 중이다. 모든 경험이 눈앞의 성과로 나타나는 것은 아니지만 쓸모없는 경험은 없는 것 같다.

성장은 고통을 동반한다

"단지가 커서 아파트 경력 1년으로는 버거울 수 있어요. 일반 관리소에서 잘 하지 않는 월급, 4대 보험, 원천세 신고, 연말정산 모두 해야 하는데 할 수 있겠어요?"

"저는 일은 무섭지 않아요. 믿고 맡겨 주시면 열심히 하겠습니다."

두 눈 반짝이며 보인 열정 덕분에 1,553세대 규모 아파트의 경리가 되었다. 약간의 설렘과 걱정을 안고 첫 출근을 했다. 730세대 아파트에서의 경력이 무색할 만큼 무엇을 해야 할지 감이 오지 않았다. 그러다가 사흘 정도 지나자 일이 보이기 시작했다. 하지만 3주 후 사직서를 제출했다. 야근을 밥 먹듯 해야 하는 것은 물론이고, 일을 하면 할수록 잘 해낼 자신이 없었다.

"일은 무섭지 않다며?"

"죄송합니다. 제 능력치가 이 정도밖에 안 되는 것 같습니다."

"잘하고 있는데, 조금만 더 버텨 보자."

"죄송합니다."

패기 넘치는 도전은 3주 만에 막을 내리고, 나는 후임을 기다리며 자리를 지키고 있었다. 그런 와중에 소장님은 눈이 마주칠 때마다 '조금만 더 힘내 보자', '조금만 더 지나면 괜찮아질 거야'라며 회유했고, 나는 마음이 약해지기 시작했다. 무엇보다 포기하고 도망가는 내가 싫었다.

"소장님, 그러면 2주 후에 제가 야근을 하지 않게 되면 그때는 그만두지 않을게요."

"그래, 알았어."

이 말을 뱉는 순간 소장님은 후임자에게 전화해 퇴짜를 놨다. '아, 망했구나!' 이제 도망갈 구실이 없었다.

죽이 되든 밥이 되든 머리 싸매고 난생처음 하는 일들을 해 나가야만 했다.

자동차 볼트 회사에서 경리를 했을 때 4대 보험 신고는 해 봤기 때문에 쉬웠다. 문제는 원천세 신고부터였다. 소득세에 지방소득세, 거기에 사업소득세까지. 서류를 봐도 도무지 이해되지 않았고, 동영상을 보고 국세청에 전화도 했지만 이해하지 못했다.

기초 지식이 없고 흐름도 모르다 보니 아무리 들어도 머릿속은 안개가 낀 것처럼 흐리멍덩했다. 할 수 있는 것은 하나뿐이었다. 똑같은 질문이라도 내가 이해될 때까지 묻고 또 묻는 수밖에. 오죽하면 잠을 자면서 원천세 신고를 하는 꿈을 꿀 정도였다. 꿈에서는 늘 실수하고 문제가 생겼다. 꿈의 여파로 가슴 졸이며 출근해 실수하지 않으려고 골머리를 앓아야 했다. 몇 날 며칠 서류를 끌어안고 싸운 덕분에 무사히 첫 원천세 신고를 마무리할 수 있었다.

지금은 10분이면 끝내는 신고를 그때는 종일 붙들고 쩔

쩔매야 했다.

한고비를 넘기니 다른 고비가 기다리고 있었다. 연차수
당은 근로 시간에 따라 계산법이 달라 애를 먹었지만 이
정도는 애교였다. 문제는 퇴직금이었다. 통상임금과 평균
임금을 계산해서 더 많은 금액으로 퇴직금을 정산해 줘야
했다. 처음 보는 수식에 머리가 어질어질했다.

인터넷에 나와 있는 공식으로 계산해도 되지만 정확한
데이터인지 확신이 없어 공식을 분해해 수기로 하나하나
계산해 보았다. 사정이 이렇다 보니 항상 시간이 부족했
고, 주말에 커피숍에서 계산기를 두드린 덕분에 퇴직금
문제도 해결할 수 있었다.

그러나 가장 큰 문제는 뒤에 있었다. 바로 연말정산.

당해 3월 말까지 전년도의 연말정산을 끝내야 하는데,
30명 남짓한 사람들의 연말정산을 해야 했다. 13월의 상
여금이라는 말이 있을 만큼 연말정산에 대한 기대감이 큰

것을 알기에 큰 돌덩이를 가슴에 품은 것처럼 마음이 무겁고 버거웠다. 평일에 야근을 밥 먹듯이 하면서 주말까지 출근할 용기가 나지 않아 금요일이면 서류를 싸 들고 퇴근했다. 연말정산을 준비하는 과정에 숫자가 들어가지 않은 것은 아무것도 없었다. 숫자만 봐도 토가 나올 지경이었다. 제대로 확인하지 않아 문제가 생기는 것이 죽기보다 싫었기에 체크하고 또 체크했다.

온갖 마음고생을 하며 2개월 동안 매달린 끝에 직원들의 이의 제기 하나 없이 깔끔하게 연말정산을 마무리했다. 그리고 크게 아팠다. 감기 몸살로 2주 동안 고생했다. 약을 먹어도 주사를 맞아도 나을 기미가 보이지 않았다. 그렇게 2주를 앓고 나니 그동안의 고생이 싹 씻긴 듯 쌩쌩한 본래의 모습으로 돌아왔다.

3주 만에 퇴사하기로 결심했지만 지금은 3년째 다니고 있다. 며칠씩 걸리던 원천세 신고는 이제 10분이면 끝나고, 퇴직금도 공식만 대입하면 되도록 만들어 놨다. 연말정산은 매달 직원별로 정리해 둔다. 이제는 관리소가 조용한 날이면 10~20분씩 독서할 시간도 생겼다. 누구보다 소장님께 감사하다. 그때 나를 잡아 주지 않았더라면 '대단지 아파트 경리'라는 꿈을 포기했을 것이다. 그리고 실패했다는 패배감에 긴 시간 자책하며 아파했을 것이다.

"성공은 선불이야, 노력 없는 성공은 없어."

어느 책에서 읽은 구절이다. 힘들다고 도망가는 대신 연말정산을 깔끔하게 끝내고 만난 이 문구가 반가웠다. 포기하지 않고 끝까지 해낸 결과는 새로운 도전 앞에 '역시 난 안 돼'보다 '봐, 하면 되잖아'라는 태도를 갖게 해 주었다.

'이봐, 해 보기나 했어?'라는 말이 생각난다. 이 말은 도망치고 싶은 나의 마음을 되돌리는 마법 같은 말이 되었다.

Part 4

나를 사랑하기 위한 연습

결과에 집착하지 말고 과정도 즐기자

어린 시절부터 해 보지 못한 것에 대한 아쉬움으로 수많은 시도를 했다. 그 첫 번째는 기타 배우기였다.

TV 속에서 통기타를 치며 노래하는 여자가 멋있어 보였다. 행동이 빠른 편이라 곧바로 기타를 구매하고 학원에 등록했다. 한 발을 올리고 멋들어지게 연주하는 나의 모습을 상상하며 기타를 배우기 시작했지만 3개월 만에 그만두었다. 쇠줄을 누르는 손가락이 너무 아팠고, 원하는 소리는 끝내 나오지 않았다.

기타에 대한 미련을 버리지 못해 우쿨렐레를 시작했다. 지인들과 함께 배우다 보니 기타보다는 길게 배웠다. 함께 우쿨렐레를 치면 내가 좀 못하더라도 티가 나지 않기 때문에 한 곡을 다 연주할 수 있다는 점이 흥미로웠다. 그러나 오래 가진 못했다. 손가락은 아프지 않았지만 혼자 연주하면 흥이 나지 않았다. 우쿨렐레는 지금 우리 집 창고 귀퉁이에 먼지를 가득 뒤집어쓴 채로 있다.

지인이 운영하는 공감카페에 캘리그라피 수업이 생겼을 때, 글씨체가 예쁘지 않았던 나는 바로 등록했다. 원하는 글씨체로 바꿀 수 있다는 기대감에 부풀어 시작했지만 수업이 진행되는 동안 단어를 창의적으로 써 보라는 선생님의 말에 손에 들고 있던 붓 볼펜으로 아무것도 쓰지 못했다. 나만의 독창성을 발휘해야 하는 부분에서 좌절하고 말았다. 다른 사람들이 술술 써 내려가는 모습에 자신감을 잃었고 결국 아무것도 쓰지 못한 나는 흥미를 잃었다.

창의적으로 하는 것이 어렵다면 똑같이 따라 그리는 것은 잘할 수 있을 것 같았다. 어릴 적부터 그림에 대한 로망이 있었던 나는 그림을 배우기로 했다. 수채화, 아크릴화, 소묘 등 다양한 화법 중 소묘를 배워 보기로 했다. 일주일에 한 번 하는 수업, 한 달 동안 선 긋기만 했다.

굵게 또는 얇게, 길게 또는 짧게, 진하게 또는 연하게 선 긋는 것만으로도 재미있었다. 그리고 처음으로 원형도 그렸다. 네모, 세모, 원기둥, 사과, 두루마리 휴지 등 그리는 대상의 형태가 바뀌면서 재미가 붙기 시작했다.

그러나 혼자 소묘를 하다 보니 함께 수업을 받던 다른 사람의 화려한 수채화에 내 그림이 한 없이 초라해 보였다. 흥미를 잃는 것은 시간문제였다.

다양한 시도 끝에 예체능은 나랑 맞지 않는다는 결론을 내렸다. 그러던 중 한국 역사에 대해 궁금증이 있었던 터라 한국사 자격증을 따보기로 했다. 인강으로 공부를 시작했는데, 수업 듣는 것이 재미있었다. 그러나 막상 문제를 풀려고 하면 수많은 왕이 제자리를 찾아가지 못했다. 한국 역사에 무지했던 나는 퇴근 후 스터디카페에 가서 인강도 듣고 문제도 풀었지만, 준비 기간이 짧은 탓인지 공부가 부족했는지 시험에 떨어졌다.

그 외에도 참 많은 시도를 했다. 그러나 뭐 하나 제대로 해낸 것이 없다. 이런저런 이유로 중간에 모두 포기했다. 어떤 면에서는 끈기가 부족하고 너무 쉽게 포기한 것처럼 보인다. 하지만 조금 다르게 바라보면 해석이 달라진다. 끝까지 해낸 것은 없지만 그 과정마다 분명 즐거움이 있었다. 기타 선생님의 기타 음률이 너무 좋았고, 우쿨렐레를 연주하며 웃고 떠들던 시간이 행복했다. 창의적으로 그리진 못했지만 따라 그릴 수 있어 좋았고, 멋있는 작품을 완성하진 못했지만 두루마리 휴지 정도는 입체적으로 그릴 수 있게 되었다.

결과만 본다면 실패지만 과정을 본다면 결코 실패한 것이 아니다. 무엇을 좋아하고 무엇을 싫어하는지 몰랐던 나는 수많은 도전을 하며 조금씩 나에게 가까워지고 있다.

앞으로도 많이 도전할 것이다. 그러면서 끝까지 해내는 것과 중간에 포기하는 것이 생겨날 것이다. 그러나 중간에 포기한 것을 실패로 받아들이지 않을 생각이다. 그 과정에서 내가 쏟은 노력과 에너지는 진심이고 그 속에는 내가 있으니까.

애쓰고 애쓴 건 사라지지 않는다.

모두 내 안에 남아 있다.

- 최인아, 『내가 가진 것을 세상이 원하게 하라』 중에서

우리는 모두 불완전하다

"프린트하면 흑백은 1장당 100원, 컬러는 200원 요금이 발생합니다. 괜찮으시겠어요?"

"그걸 왜 받아요? 주민센터에서는 그냥 다 해 주던데."

"우리도 안 받으면 좋겠지만, 관리규약에 명시되어 있어서요."

"아니, 규약을 누가 만들었는데요. 그건 바꿀 수 있는 거 아니에요? 법 위에 법이 있는 거 몰라요?"

"선생님, 그렇게 말씀하시면 안 되고요. 아파트는 관리규약을 적용해서 관리해야 합니다."

"당신이 뭔데 내 생각을 판단해. 내 생각을 왜 마음대로 하려고 해? 당신이 뭔데 나보고 그렇게 생각하면 안 된다고 하는데?"

이게 무슨 상황이지? 맥락 없는 분노에 머릿속이 텅 빈 듯 사고를 할 수 없었다.

180cm나 되는 남자가 앞에서 고래고래 소리를 지르고 있으니 심리적으로 위압감을 안 느꼈다면 거짓말이다. 그러나 어떤 대목에서 화가 났는지 도통 이해되지 않았다. '당신이 뭔데 그렇게 생각하면 안 된다고 해? 왜 내 생각을 좌지우지하려고 해?'라는 말을 반복하며 악을 쓰고 있었다. 어떻게 대처해야 이 분노를 가라앉힐 수 있을까 잠깐 고민했다. 답은 하나뿐이었다.

"선생님, 기분 나쁘게 해드렸다면 죄송합니다. 그런 뜻으로 얘기한 건 아닙니다."

"사과도 건성으로 하고 있어, 진심이 안 느껴지잖아. 그런 사과 하지도 마요."

"우선 그 부분은 제 전달이 미흡했습니다. 죄송합니다."

"진심도 아니면서 건성으로 사과하면 다야?"

열 번 넘게 죄송하다고 사과했지만 진정성이 안 느껴진

다며 소장님을 만나야겠다는 말을 남기고 가 버렸다. 그 것도 직장인들에게 황금 같은 점심시간에 말이다. 외근 후 돌아온 소장님이 입주민에게 전화했다.

"선생님, 몇 동 몇 호라고 하셨죠?"
"귓구멍이 쳐 막혔나."
"선생님, 뭐라고요?"
"좀 있다 갈게요."

'귓구멍이 쳐 막혔나'라는 말에 화가 난 소장님. 관리소에 방문한 입주민과 한바탕 소란이 일었다. 자신은 절대로 그런 말을 한 적이 없다며 펄쩍 뛰며 소장님이 잘못 들었다고 했다. 그러나 명확하게 들은 소장님은 태도를 굽히지 않고 사과를 요구했다. 그러자 궁지에 몰린 입주민이 말했다.

"김태영 씨, 말해 봐요. 김태영 씨 잘했어요?"

앞서 그만큼 사과했음에도 불구하고 또다시 시비를 걸

어오니 나도 이제 이판사판이었다.

"그 부분은 아까 제가 충분히 사과드렸잖아요."

나의 강경한 말투와 표정에 그는 나에 대한 공격을 멈추었다. 그 불통은 옆에서 싸움을 말리던 경비팀장에게로 튀었다. 남자들끼리 밖에 나가서 얘기하자며 어깨를 잡은 것을 폭행당했다며 경찰에 신고했고, 결국 경찰이 출동했다. CCTV가 있는 곳에서 일어난 분쟁이다 보니 경비팀장님은 당연히 '혐의 없음'으로 끝났다.

누구 하나 받아주는 이 없이 혼자 난리 치는 모습이 순간적으로 참 불쌍하다는 생각이 들었다. 목소리만 컸지 상대방의 눈을 바라보지 않았다. 나에게 퍼부을 때조차 눈을 바라보지 않았고, 내가 눈을 바라보면 오히려 피했다. 모든 방어 태세를 앞세워 전쟁 상황으로 돌입한 사람 같았다. 강해 보이려고 소리치지만 내면은 두려움으로 가득 차 보였다. 무엇이 저 사람을 저렇게 막무가내로 만들었을까. 상식을 벗어난 얘기를 하면서 그것이 상식 밖이라는 사실조차 모르는 모습이 그저 안타까웠다.

'마음이 아픈 사람일 수도 있겠구나'라는 생각이 들자 더는 화가 나지 않았다. 누구 하나 들어주는 이 없이 모든 사람의 공격을 받는 상황이 억울한지 그는 자리를 뜨지 않고 이런저런 서류를 요구했다. 여분이 없어 인쇄해야 하니 기다려 달라고 했더니 내 옆에서 와서 하소연하듯이 얘기를 꺼냈다. 몇 마디 받아 줬더니 이내 태도가 바뀌었다.

"저 김태영 씨한테 감정 없어요. 혹시 아까 내가 너무 심했다면 사과할게요."

그러다가도 누군가의 한마디에 또다시 고슴도치가 되어 공격 태세로 전환하는 모습이 씁쓸했다. 어쩌면 자기 말에 공감해 주고 자신이 옳다고 해 주기를 바랐던 것은 아닐까? 자신이 원하는 것을 옳지 못한 방법으로 표출했기 때문에 모든 사람에게 공격 대상이 된 것 아닐까? 한꺼번에 여러 생각이 떠올랐다. 관리소를 나가는 그의 모습이 씁쓸하기도 하고 안쓰럽기도 했다.

하지만 안쓰러운 마음도 잠시, 나에게 고래고래 소리 지르던 그의 모습이 한동안 머릿속에서 떠나지 않아 속상하고 억울했다. 내가 무엇을 잘못했기에 그런 소리를 들어야 했는지, 나는 왜 속도 없이 그 사람에게 친절을 베풀었는지 나 자신이 한심스러워 괴로웠다.

그렇게 속앓이를 하다가 결국 받아들였다. 불안정한 사람을 이긴다고 내 인생이 더 행복해지는 것은 아니라는 사실을. 내 것이 아닌 불행을 내 것으로 만들어 괴로워하고 있었다는 것을. 동시에 나 역시 불완전한 인간으로 누군가에게 이해받지 못할 행동을 했을 수 있다는 사실을 받아들이자 더는 괴롭지 않았다.

운동을 싫어하는 줄 알았다

중국에서 회사에 다닐 때 야유회로 등산을 간 적 있다. 운동의 '운' 자도 가까이하지 않았던 내가 산에 오르려니 숨이 턱 밑까지 차오르고 다리는 말을 듣지 않았다. 사족보행으로 등산을 마쳤다.

그때의 힘들었던 기억이 너무 생생해 이후 15년 동안 운동이라는 명칭이 붙은 어떠한 것에도 관심을 두지 않았다. 가족이나 지인과의 모임으로 어쩔 수 없이 한 번씩 등산하긴 했지만 처음 등산했을 때의 힘든 기억을 없애 주진 못했다. 조금만 무리해도 몸살 나는 것은 체질적인 문제라고 생각했지 말 그대로 운동 부족 때문이라는 것을 몰랐다.

삶은 다양한 방법으로 나 자신을 찾아가게 만들어 주었다. 코로나19가 전 세계적으로 터지면서 모두 거리 두기에 바빴다. 몇 명 이상 모이면 안 된다는 지침이 떨어지면서 퇴근 후 갈 수 있는 곳은 집뿐이었다. 사람을 만날 수도 없고 무엇을 배우기도 부담스러운 시점이라 내가 할 수 있는 것은 한정적이었다. 매일 반복되는 일상을 무기력하게 보내는 날이 많아졌고, 결국 생활에 영향을 끼쳤다. 고양이털이 온 집 안을 날아다니고, 바로바로 하지 않은 설거지에서는 냄새가 나고, 빨래는 산더미처럼 쌓였다. 수건이 없다며 찡찡대는 딸의 모습에 미안한 마음이 들었지만 무기력함을 이겨 내지는 못했다. 심리적 불안감이 커지면서 수면의 질이 나빠져 항상 잠이 부족했다.

그러다가 운동을 좋아하는 동생을 만나면서 바뀌기 시작했다. 코로나19로 음식점이나 커피숍에서 만나는 것이 불편했던 우리는 공원에서 만났다. 공원 몇 바퀴를 걷고 나니 몸이 가벼워진 느낌이 들었다. 자주 만나 공원을 걷다 보니 그때부터 운동이 괜찮다는 생각이 조금씩 들었다.

그 후 동생을 따라 등산을 했다. 이게 무슨 일인가. 산에 오르는 것은 힘들었지만 재미가 있었다. 무엇보다 산에 다녀오고 난 뒤 에너지가 생겨 더 부지런해지는 나를 발견했다. 집이 깨끗해졌고 마음도 상쾌해졌다. 그 후 낮은 산은 물론, 한국 3대 명산이라 불리는 지리산과 설악산도 등반했다.

등산을 하다 보니 걷기만으로 부족한 느낌이 들었다. 그러던 중 집 근처에 새로 생긴 여성 전용 운동센터에서 오픈 기념으로 할인행사를 하기에 저렴한 가격으로 1년을 등록했다. 처음에는 열심히 다녔다. 운동을 하다 보니 먹는 것에도 신경을 쓰게 되었고 살도 빠졌다. 무엇보다 몸에 새로운 에너지가 돌아서 그런지 수면의 질도 향상됐다. 매일 아침 일어나는 것이 고문이던 내가 6시면 거실에 나와 앉아 있자 인생의 절반은 잠을 잔다며 나를 놀리던 남편이 당황했다.

그러나 운동센터에 회원이 늘면서 운동을 가면 대기하는 시간이 길어졌다. 운동을 가는 날보다 가지 않는 날이

늘기 시작했고, 그렇게 1년의 반도 채우지 못한 채 운동센터와의 인연은 끝이 났다. 몇 달간 운동을 쉬다가 그룹 필라테스에 도전했는데, 혼자 무리한 동작을 하다가 고관절에 문제가 생겨 어쩔 수 없이 운동을 쉬게 되었다.

고관절이 낫기까지 1년이 걸렸다. 몸이 다시 무거워졌고 아침에 일어나는 것도 힘들었다. 그러다가 이직한 아파트 커뮤니티센터에 개인 PT를 하는 헬스트레이너가 있어 다시 운동할 기회가 생겼다. 입주민만 이용할 수 있지만 직원 복지 차원에서 소장님과 입주자대표의 허락을 받고 저렴한 가격으로 개인 PT를 시작했다.

헬스트레이너는 열정이 넘쳤고 자부심도 강했다. 관련 공부도 게을리 하지 않았다. 잘못된 자세를 족집게처럼 잘 잡아냈고, 스쿼트를 하거나 계단을 탈 때 무릎에서 느껴지는 통증을 스트레칭과 바른 자세로 교정해 주었다. 아프지 않으면서 내가 원하는 운동을 할 수 있는 것에 재미를 느끼기 시작했다. 땀을 뻘뻘 흘리며 계단을 탈 때 숨이 턱까지 차오르고 심장이 터질 듯이 뛰었지만 그 느낌마저 좋았다. 그때 알았다. 나는 운동을 좋아하는 사람이라는 것을.

운동은 내 삶의 활력소이자 긍정 에너지가 되었다. 출근 전에 운동을 하는 날과 하지 않은 날의 에너지가 달랐다. 또한 사람들의 피드백도 큰 힘이 되었다. 20층까지 계단으로 올라갔다가 엘리베이터를 타고 1층으로 내려올 때 만나는 사람들은 헉헉거리는 나를 보며 묻는다.

"운동해요?"

"네, 계단 타요."

"어머, 엄청 힘들 텐데. 몇 층 타요?"

"100층이요."

"대단하다. 그래서 몸이 이렇게 탄탄하구나."

사실 몸이 엄청 탄탄한 것은 아니다. 피부가 까무잡잡한 데다 운동을 하다 보니 시각적으로 그렇게 보이는 것 같다. 나를 위해 하는 운동인데 타인에게 긍정적인 피드백을 받으니 참 좋았다.

오늘도 나는 운동을 하고 계단을 오른다. 운동은 나와 맞지 않는다며 노래를 부르던 내가 운동 전도사가 되어 운동을 권하는 모습에 주변 사람들이 놀리곤 한다.

　"누가 그랬는데, 운동은 자기랑 맞지 않는다고."
　"누가 그랬대요? 자기 자신을 너무 몰랐네!"

나를 위해 웃는다

"저기 있는 매실 따도 되나?"

"어르신, 거기 매실은 따면 안 돼요."

"따면 안 되제? 혹시나 해서 한 번 물어본다 아이가. 수고해요."

아파트 단지에 매실이 주렁주렁 달린 나무를 보고 관리사무소에 들어와 조심스레 묻던 할머니. 매실을 따도 되냐고 묻는 할머니도 처음이지만, 무엇보다 함박웃음을 짓던 할머니의 웃는 모습이 뇌리에서 오래도록 사라지지 않았다. 그 미소에는 상대방을 기분 좋게 해 주는 무언가가 있었다. 매실을 따면 안 된다고 얘기한 내가 미안해지는 미소였다. 반면 기분이 언짢은 상태로 찾아온 민원인에게 조금이라도 불친절하게 얘기하면 그야말로 관리소는 불바다가 된다.

　"이거 왜 안 해 주는데요? 그냥 해 주면 안 돼요?"
　"마음 같아서는 다 해 드리고 싶죠. 근데 이건 해 드릴 수 있는 것이 아니라 죄송해요."

　다짜고짜 소리 지르는 상대방으로 인해 기분이 나쁠 때도 있다. 그래도 애써 웃으며 말을 건네다 보면 어느 순간 상대방의 말투와 표정이 누그러진다. 웃음이 주는 힘은 실로 어마어마하다. 그렇다고 늘 웃기만 해서도 안 된다. 단호한 태도도 필요하다.

　"말귀 못 알아듣네. 한 달 치만 먼저 낸다고 하잖아요."
　"그러면 나머지 관리비에 대해 연체료가 붙어요."
　"다음 달에 다 낸다잖아요."
　"입금 기간이 지나서 연체료가 매일 조금씩 붙어요. 규정이 그래요."
　"규정이고 나발이고 그게 법으로 정해져 있어요?"

"네, 법으로 정해져 있습니다."

이런 상황에서는 마냥 웃으며 얘기하지 않는다.

말투는 상냥하게 그러나 태도는 명확하게 하면 상대방도 서서히 수그러든다. 싸우자고 덤비는 사람의 싸움을 받아 주지 않는 것이 나를 보호하는 방법이다. 그래서 나는 상대방이 목소리가 올라갈수록 내 목소리를 낮춘다. 첫 번째는 상대방을 진정시키기 위함이고, 두 번째는 내가 감정에 휘말리지 않기 위함이다. 내 감정이 안정되면 상대방이 어떤 말을 해도 태도를 분명하게 할 수 있다. 그러다 보면 웃을 수도 있고, 웃으면 일이 쉽게 풀릴 때가 많다.

아침에 사무실 문을 열고 들어설 때 평소보다 한 톤 높여 '안녕하세요!'라고 인사한다. 일일이 눈을 마주치며 인사한다. 다시 만나서 반갑다는 마음이 전달되기를 바라면서 말이다. '오늘도 당신을 만나서 기분이 좋아요'라는 메시지를 상대방이 내 표정에서 읽어 내기를 바란다. 간혹

관리사무소 문을 열면서부터 웃음을 머금고 들어오는 입주민이 있다. 그러면 인사를 건네기도 전에 나도 모르게 얼굴에 미소가 가득한 것을 발견하곤 한다. 웃음은 공짜다. 오늘도 나를 위해 먼저 미소를 지어 본다.

가끔은 둔감한 사람이 되고 싶다

나는 어린 나이에 일을 시작했다. 직장에서 나보다 잘나가는 언니에게 시기 질투를 느껴 뒷담화를 한 적이 있다. 무슨 얘기를 했는지 기억이 나지 않지만 그만 그 언니에게 들키고 말았다. 언니는 나를 불러 한참 바라보다가 이렇게 한마디 내뱉었다.

"나한테 할 말 없어?"(그 후 20년 가까이 이 말만 들어도 '내가 뭘 잘못했나'라는 생각을 하게 됐다.)

"무슨 말?"

"앞으로 불만 있으면 뒤에서 욕하지 말고 앞에서 얘기해. 정말 기분 나쁘거든?"

평소 좀 잘난 체하며 사람을 살살 비꼬고 무시하는 경향이 있었던 언니지만, 내가 뒷담화한 것은 잘못된 행동이기에 입이 열 개라도 할 말이 없었다.

팔짱을 끼고 나를 노려보는 언니 앞에서 눈물을 뚝뚝 흘리며 미안하다는 말만 반복했다. 그 후 한동안 나는 그 언니의 눈치를 봐야 했고 언니는 당당하게 나를 무시했다. 내 나이 열여섯쯤, 엄마는 곁에 없었고 언니는 너무 무서웠다.

그때부터 나는 다른 사람의 표정과 말투에 유난히 신경을 썼다. 평소보다 살짝 높은 짜증 지수, 그로 인해 내뱉는 말에 가시가 있다는 것을 느낄 때면 상대방의 감정을 있는 그대로 보는 것이 아니라 고스란히 나에게 가져왔다.

'내가 뭘 잘못했나?'
'좀 전에 내가 한 말이 기분 나쁜가?'
'며칠 전 그 일 때문에 아직도 기분이 안 좋은가?'
'날 보는 게 짜증나는 건가?'

모든 상황을 나의 문제로 만들어 눈치를 보기 시작했다. 그리고 점점 예민해졌다. 누군가가 평소와 다르게 행동하면 가장 먼저 이런 생각이 들었다.

'내가 말실수했나?'
'내가 뭘 잘못했나?'

특히 그 사람에 대해 조금이라도 안 좋게 얘기한 적이 있다면 더더욱 그랬다. 물론 예민하다고 무조건 나쁜 것만은 아니었다. 다른 사람의 표정과 몸짓이 잘 보이기에 상황을 재빠르게 파악했고, 대처 능력도 발달해 일할 때는 장점이 되기도 했다.

그러나 다른 사람의 감정을 내 것으로 가져오면 단점이 된다. 넘치는 것이 부족한 것보다 못하다는 말이 있듯이 지나치게 예민한 나에게는 둔감함이 필요했다. 정확한 잣대로 바라본다고 감정이 객관화되지는 않았다. 그래서 방법을 바꾸기로 했다. 상대방이 평소보다 저기압 상태로 날카로운 말을 내뱉더라도 최대한 그 감정을 내 것으로 가져오지 않기로 했다. 예를 들면 이런 식으로 말이다.

'내가 실수해서 기분이 나쁜 건가?' 대신에 '오늘 기분이 안 좋은가 보다'라고 생각하기.

'내가 한 말 때문에 기분이 나쁜 건가?' 대신에 '누군가에게 안 좋은 소리를 들었나 보다'라고 생각하기.

가끔은 둔감함이 다른 사람의 감정에 휘둘리지 않게 만든다. 그것이 내 삶을 더 윤택하게 만들어 준다는 것을 알기에 오늘도 둔감함에 한 걸음 다가가 본다.

진정한 멋은 태도에서 시작된다

20~30대에 외적인 멋을 찾으려고 무수히 많이 도전하고 방황했다.

"한국에서 어떻게 살고 싶어요?"
"멋있는 사람으로 살고 싶어요."

20대 후반, 우연한 기회에 다문화가정의 이주여성을 대상으로 하는 인터뷰를 한 적이 있다. 마지막 질문이었고 나는 한 치의 망설임도 없이 대답했다. 하지만 그때 내가 외쳤던 '멋'은 표면적인 의미가 강했던 것 같다.

중국에서 일하던 한국 기업에는 파견 온 한국인 직원이 많았다. 남자는 정장에 넥타이가 기본이었고, 여자는 하이힐에 투피스 정장을 많이 입었다. 멋있어 보였다.

제품 포장을 하면서도 나의 시선은 그들을 쫓았다. 그때부터 내 마음속에 그들처럼 보이고 싶다는 생각의 씨앗이 자랐는지 모르겠다.

중국에 있을 때 멋있어 보이고 싶다는 생각으로 통번역사를 찾는 회사에 지인의 소개로 면접 보러 간 적도 있다. 갓 스무 살, 두 가지를 언어를 할 수 있다는 것만 믿고 아무것도 준비하지 않았다. 간단한 인적 사항을 확인한 후 서류 몇 장을 주면서 바로 번역해 보라고 했다. 그 순간 머리가 백지장이 되었고 한 글자도 쓰지 못한 채 면접장을 나왔다. 스스로 과대평가한 탓이었다. 나의 실력과 상관없이 그냥 멋있어 보이는 일만 찾고 있었다는 것을 깨달았다. 아무것도 준비되지 않은 나에게 기회를 잡을 힘은 없었다. 한 글자도 써 내지 못한 나 자신이 부끄러워 한없이 작아졌다. 나를 바라보던 면접관의 '왜 온 거야?'라는 눈빛이 아직도 생생하다.

한국에 온 이후 공장에서 자동차 사이드미러 볼트를 박고 있을 때, 나 자신이 얼마나 초라해 보였는지 모른다. 그러다가 자동차 볼트 회사에 경리로 취업했을 때 사무실에서 근무한다는 자체만으로 자신감을 얻었다.

그러나 내가 원하는 멋짐은 없었다. 공연단에서 행정 업무를 보고 단원들의 공연 스케줄을 따라다니며 매니저 역할을 하는 것도 재미있었지만 내가 원하는 멋짐은 없었다. 마음 한편에 자리 잡은 알 수 없는 아쉬움을 해결하기 위해 고민 없이 닥치는 대로 덤벼들었다. 도전은 늘 쉬웠고 끝까지 버티는 힘은 항상 부족했다. 이상은 높았고 현실의 벽은 더 높았다. '이번 생은 글렀어'라는 말을 핑계 삼아 모든 것을 내려놓고 싶었지만, 이 말을 인정하면 아무것도 하지 못할 것 같아 아등바등하며 나의 청춘을 보냈다.

40대, 내가 원하는 멋짐을 알았다. 가끔 나보다 나이 많은 분을 보고 참 멋있게 나이 들었다는 생각이 들 때가 있다.

어떤 부분에서 멋있다는 생각이 들었을까 생각해 보면 태도였다. 자신 있는 표정, 여유로운 몸짓, 자신에 대한 확신, 그리고 타인에 대한 배려와 존중이 있었다. 진정한 멋은 내면에서 나오는 것이고, 내가 원하던 멋짐도 이런 것이다.

나만의 속도로 가기로 했다

"20대로 돌아갈 수 있다면, 다시 돌아갈 거예요?"

"아니요. 안 돌아갈 거예요."

"안 돌아가는 이유가 있나요?"

"음, 지금의 기억과 생각을 가지고 간다면 가고 싶지만, 완전히 리셋 되는 거라면 안 가고 싶어요."

20대 친구와 나눈 대화다. 헤어진 후 곰곰이 생각을 되뇌었다. 나는 왜 돌아가고 싶지 않다고 했을까. 답은 간단했다. 지금의 내가 좋고 마음에 들기 때문이다. 수많은 도전, 그리고 나와 타협한 끝에 나 자신을 좋아하게 되었는데 그 과정을 또다시 겪고 싶지 않다.

20대, 나의 색채는 짙은 회색이었다. 스물두 살에 한 남자의 아내가 되고 스물세 살에 한 아이의 엄마가 되면서 나는 나를 잃었다. 내가 어떤 사람인지 모르는 채 다른 사람에게 초점을 맞추어 살았다. 무엇을 좋아하고 무엇을 싫어하는지, 어떤 것이 기쁨이고 어떤 것이 슬픔인지조차 인지하지 못했다. 빽빽 울어 대는 아이를 달래기 바빴고, 아이가 자지러지게 울다가 지쳐 새근새근 잠들어도 좀처럼 그 상황에서 나오지 못했다.

숨 쉬며 사는 것이 전부였다. 내 삶과 다른 사람의 삶을 비교하며 낙담했다. 인간은 본능적으로 심리적으로 감당하기 힘든 시기의 기억은 지우려고 한다는 얘기를 들었다. 20대의 내가 그랬다. 가족과 함께 여행 갔던 곳, 또는 일상에서 일어났던 일까지 대부분 기억이 희미하다.

30대, 나의 색채는 초록빛이 감돌았다. 아이가 조금씩 크면서 혼자만의 시간이 생겼고 직장 생활을 시작하며 다채로운 숨구멍이 하나둘 생겨났다. '나다움'이 어떤 것인지 명확하지는 않았지만 스스로 괴롭히지 않으려고 노력했다. 나에게 집중하는 시간이 생기면서 주변에 열심히 사는 사람들이 보였다. 닮고 싶어서 무작정 따라 했다.

그러나 작심삼일로 끝나기 일쑤였다. 원하는 것이 무엇인지 모르는 채 따라 한 결과였다. 그 좌절감에 무너져 허우적거리기 바빴고 무기력한 생활이 한동안 지속되었다. 그러나 포기하지 않고 넘어진 자리에서 툴툴 털고 일어나 도전했다. 반복된 학습이 결국 좋은 결과를 내는 것처럼 작심삼일이 사 일이 되고 오 일이 되면서 자신감이 생겼다. 그러면서 내가 무엇을 좋아하고 무엇을 싫어하는지가 보였다.

나는 육류보다 채소를 좋아하고, 돼지고기보다 닭고기를 좋아하며, 고기보다 해산물을 좋아하고, 중식이나 양식보다 한식을 좋아했다. 운동을 싫어하는 줄 알았는데 운동을 좋아했다. 술을 좋아하는 줄 알았는데 그저 분위기가 좋을 뿐 술을 마시지 않았을 때의 삶이 더 좋았다.

40대, 나의 색채는 노란빛으로 반짝인다. 드디어 나를 사랑하게 되었다. 실수하는 자신을 보듬을 수 있으며, 스스로 대견하게 여긴다. 칭찬을 아끼지 않고, 조급한 마음에 스스로 다그치려 하면 괜찮다고 다독여 준다. 진정되지 않은 마음에 불안감이 찾아오면 늦지 않았으니 불안해하지 말라며 감싸 안아 준다.

고난이나 역경이 찾아오면 '이 또한 지나가리라'라며 도망치거나 포기하려는 마음에 힘을 넣어 준다. 자존감이 높아지고 내 속에 단단한 것이 자리 잡기 시작했다. 30대에 다른 사람이 멋있어 보여 마냥 따라 했다면, 지금은 내가 원하는 것을 찾아서 하고 있다. 함께 일하는 동료가 나를 보며 무엇을 시작하면 꾸준히 하는 것 같다고 한다. 나의 수많은 작심삼일을 알게 된다면 그렇게 말하지 않았을 것이다. 지금은 하고 싶은 것을 하기에 힘들어도 버텨내는 것 같다.

"괜찮아! 그럴 수도 있지."
"비교하지 마. 너만의 속도로 가면 돼."
"실수해도 괜찮아. 세상 무너질 일 아니야."

"세상에 완벽한 사람은 없어. 완벽해지려고 발버둥 치지 않아도 돼."

"오늘도 고생했어."

나를 사랑하기까지 수없이 되뇌었던 말이다. 지금도 나 자신에게 많이 들려준다. 또한 상황을 나에게 유리하게 해석해 힘듦의 굴레에 오래 머물지 않도록 노력한다. 조급함이 찾아오면 비교는 불행의 시작이라는 말을 되뇐다. 이런 것들이 나를 사랑하는 지름길이라는 것을 이제는 안다. 나는 쌍꺼풀이 짙고 눈도 살짝 찢어졌다. 20대에는 눈매가 날카롭다는 얘기를 많이 들었다. 특히 아무 생각 없이 무표정으로 있으면 꼭 화난 사람처럼 보인다고 했다. 그만큼 어두웠다는 얘기도 되겠다. 그런데 지금은 '밝다, 친절하다, 살갑다'라는 얘기를 자주 듣는다. 나를 찾아 나답게 살아가니 내가 원하던 모습으로 보이기 시작했다.

나의 색채는 계속 변할 것이다. 50대의 색채, 60대의 색채, 70대의 색채가 궁금해진다.

아모르파티

TV에서 가수 윤복희를 보았다. 온 얼굴에 주름이 가득한데 환하게 웃으며 인터뷰하는 모습이 참 예뻐 보였다. 순간 나도 저렇게 늙고 싶다는 생각이 들었다. 그녀는 어떤 삶을 살았을지 궁금해졌다.

윤복희는 1952년 뮤지컬로 데뷔했다. 내가 태어나기 30년 전이다. 여러 나라를 다니며 공연했고, 시대적으로 짧은 치마를 금기할 때 대한민국에 미니스커트를 선보였다. 여자들이 미니스커트에 열광해 치마를 줄이자, 거리에서 자로 치마 길이를 재는 해프닝까지 벌어졌다. 지금이야 인권 침해니 뭐니 하며 한바탕 난리가 나겠지만 그 시절에는 자를 갖다 대면 치마 길이를 재야만 했다.

그런 시대적 배경에도 불구하고 자신의 주관을 버리지 않고 살아낸 모습이 참 멋있다. 그녀는 70대가 된 지금도 치마를 입고 힐을 신고 무대에서 노래한다. 평소 웃을 때는 얼굴에서 인자함이 보인다. 그러나 무대에 서면 카리스마가 넘친다. 그 사람의 인생을 모르기에 삶을 닮고 싶다고는 못 하겠지만 의학의 흔적 없이 오로지 삶의 흔적이 담긴 그녀의 웃는 표정은 닮고 싶다.

천천히 나를 살펴보았다. 세월이 몸속에 들어와 있다. 보이지 않던 기미와 주름이 보인다. 탱글탱글하던 얼굴은 처지고 얼굴과 몸에는 세월이 묻어 있다. 샤워하며 두들기는 뱃살, 보이지 않던 다리의 혈관, 팔에 생기는 검버섯은 내가 살아온 세월을 얘기하고 있다. 마음은 아직 청춘인데 내 몸에 새겨진 세월의 흔적을 보니 서글퍼진다. 아직 하고 싶은 것도 많고 해내고 싶은 것도 많은데 늙어 가는 것만 같아 불안하다. 마스크 팩도 하고 주름 개선 화장품도 바르다가 의학의 힘을 빌려야 하나 고민하기도 한다.

그러나 가수 윤복희를 본 후 세월의 흔적을 반기기로 했다. 세월은 외적인 부분에만 존재하지 않는다. 나의 내면에도 존재한다. 애쓰지 않아도 보이는 것이 생기고, 방방 뛰며 불안해하는 모습도 줄었다.

무엇이 나를 위하는 길인지를 알고, 삶 속에 약간의 현명함도 들어와 있다. 나이 듦에 따라 밖에서 행복을 찾는 대신 내 안에서 행복을 찾으려는 아름다움이 느껴진다. 하나씩 늘어나는 주름살, 탄력을 잃어 가는 피부, 몸 곳곳에 생겨나는 검버섯과 기미 등 내 몸에 새겨지는 세월을 기꺼이 받아들이고 사랑하기로 한다. 이 모습도 나니까. 아모르파티.

인간이 위대해지기 위한 나의 처방전은

아모르 파티다.

있는 그대로 외에

아무것도 바라지 않는 것이다.

미래에도 과거에도, 영원히.

필연적인 일을 단지

견디기만 하는 것이 아니라,

사랑하는 것이다.

· 프리드리히 니체 ·

나는 이제 이방인이 아니다

딸이 어릴 때, 나는 우울한 상태로 시간을 보냈다. 어린 나이에 엄마가 된 나는 정답 없는 육아 앞에 무기력했다. 감정 기복이 심했고 자신의 감정을 컨트롤하지 못했다. 어두운 곳으로 나를 한없이 끌어내리는 우울감에 속수무책으로 당하기만 했다. 아무 생각 없이 지내는 나에게 TV는 가장 좋은 친구였다. 옆집에 살던 아주머니는 이런 내가 안타까워 마주칠 때마다 밖에 나가 바람이라도 쐬라며 권할 정도였다.

그로부터 10년이 흘렀다. 많은 사람이 나를 보고 밝아졌다고 한다. 그 이유는 무엇보다 내가 좋아하는 것을 알아내고, 나다움을 찾아가면서 삶이 달라졌기 때문이라고 생각한다. 힘들 때 책을 잡으면 위로가 된다는 것을 알게 되었고, 마음이 복잡할 때 자연을 보면 마음이 차분해진다는 것을 알게 되었다. 운동이 죽을 만큼 싫었는데 생활의 활력소가 된다는 것을 알게 되었고, 혼자 있으면 소외감을 느끼며 외로워하던 내가 내면을 채우기 시작하면서 혼자인 것을 두려워하지 않게 되었다. 오히려 혼자 있는 시간을 즐기기 시작했다.

얼마 전부터 다시 기타를 배우기 시작했다. 우연인지 운명인지 기타 선생님도 다문화가정이었다. 아내 분은 필리핀 사람이고 같은 건물에서 나란히 영어 학원과 기타 학원을 운영하고 있었다. 어느 날 선생님이 나에게 물었다.

"혹시 아직도 한국에 가보고 싶은 곳이 많아요?"

"네? 저는 그다지….."

"아내가 어디 좋다고 하면 궁금해서 가보고 싶어 하네요."

"꼭 외국인이라서 그런 건 아닌 것 같아요. 한국사람 중에도 주말마다 어디 꼭 다녀와야 하는 분이 있더라고요."

"아! 그래요?"

집으로 돌아와 이 대화를 곰곰이 생각해 봤다. 기타 선생님은 한국을 아직도 궁금해 하는지 물었는데, 나는 왜 외국인에 대한 편견을 가졌다고 생각하며 답했을까?

어쩌면 내가 외국인이라는 울타리를 단단히 쳐 놓고 그 울타리를 넘지 못한 게 아닐까 하는 생각이 들었다. 나 스스로 한국인과 외국인이라는 프레임을 씌우고 있다는 생각에 뒤통수를 묵직한 것으로 한 대 맞은 느낌이었다. 정신이 번쩍 들었다.

'내가 나를 가두고 있었구나!'

낯선 땅 한국에서 이방인으로 살지 않으려고 하면서 나조차 그 프레임에서 자유롭지 못했다는 생각이 들었다. 이제는 내 생각에 자유를 주려고 한다. 그래서 외쳐 본다.

"나는 이제 이방인이 아니다!"

또 다른 정체성이 확립되는 순간이다.

삶은 날씨와 비슷하다. 구름 한 점 없이 화창한 날처럼 기분이 좋아지는 날이 있는가 하면 우중충한 하늘에 먹구름이 잔뜩 긴 날처럼 괜스레 우울해지는 날도 있다. 삶이 그렇다. 화창하지도 우중충하지도 않은 날처럼 좋지도 나쁘지도 않은 일상이 대부분이지만 이보다 좋을 수 있을까 싶은 생각이 들 정도로 행복한 날도 있다.

한편 이대로는 안 될 것처럼 우울한 날도 있다. 우울한 날들을 잘 이겨 내기 위해 나는 나를 알아야 했다. 괜찮다고 위로할 수 있고, 할 수 있다는 용기도 줄 수 있어야 했다.

힘들어 주저앉던 날, 상처받아 움츠러들던 날, 두려움에 도망쳤던 날, 날카롭게 스스로 비난하며 어두운 곳으로 숨어들던 날, 이런 날들을 극복하며 지금의 내가 되었다. 힘들어 주저앉으면 툴툴 털고 일어나게 되었고, 두려움이 다가오면 도망치기보다 이겨 내려 한다. 나 자신을 비난하는 대신 따뜻하게 안아 준다. 누군가의 인정과 사랑을 바라는 대신 있는 그대로의 모습을 사랑하려 노력하고 있다. 이제 더는 나를 괴롭히며 미워하지 않는다.

그가 지상에 살고 있는 동안에는
네가 무슨 유혹을 하든 말리지 않겠다.
인간은 노력하는 한 방황하는 법이니까.

하지만 언젠가는 부끄러운 얼굴로 나타나
이렇게 고백하게 되리라.

착한 인간은 비록 어두운 충동 속에서도
무엇이 올바른 길인지 잘 알고 있더군요, 라고

– 괴테 『파우스트』 중에서

나를 미워하지 않기로 했다

초판 1쇄 2024년 7월 31일

지은이 김태영

펴낸곳 담다
펴낸이 김수영
경영지원 최이정
교정·교열 김민지
편집 디자인 서민지·김은정

출판등록 제25100-2018-2호 | 2018년 1월 5일
주소 대구광역시 달서구 조암로 38, 2층

메일 damdanuri@naver.com
인스타 @damda_book

ISBN 979-11-89784-45-4 (03810)